Warnung

Dies Buch beinhaltet Passagen in
verschiedenen deutschen Mundarten
und ist darum für flüchtige Leser
nicht geeignet.

Da jedoch Hinnerk Burmeester
mit dieser Sprachvielfalt zurecht kam
sollten Sie es eigentlich
auch schaffen.

Hendrik L.Meyer:
Hinnerk Burmeesters
abenteuerliche Reise
zu den
Deutschen Stämmen

Bibliografische Information der Deutschen Nationalbibliothek:
Die Deutsche Nationalbibliothek verzeichnet diese Publikation in der
Deutschen Nationalbibliografie; detaillierte bibliografische Daten sind im
Internet über http://dnb.dnb.de abrufbar.

Erste Auflage 2018
© 2018 Copyright by Autor und Correspondence, Services in und für Medien
München/Berlin – bb@bob-borrink.de.
Gesetzt in Times New Roman by Correspondence
Titelbild und optische Gestaltung: parrot design andreas grassl, München

Herstellung und Verlag: BoD – Books on Demand, Norderstedt.
ISBN 9783746047980

In Erinnerung an Mimi Meyer

Ein Heimatbuch

von Hendrik L. Meyer

Hinnerk Burmeesters abenteuerliche Reise zu den Deutschen Stämmen

Hinnerk Burmeesters Reise-Route

Ein Wort
‚vorwech‘

Man könnte Hinnerk Burmeester aus
Kleinhardingssiel, den Helden unserer
Geschichte, für eine dummen Jungen halten, weil
er sich so unbedarft durch die Welt, seine Welt,
bewegt. Und sie voller Naivität bestaunt.
„Er ist eben ein schlichtes Gemüt“, urteilt Frau
Dr. Irmgard Schnittlauch-Kerkerup, die
Allgemeinärztin im Koog, die ihn einst zur Welt
gebracht hatte und seitdem ein waches Auge auf
ihn hat: „Er nimmt eben Vieles für bare Münze,
wie man so sagt.“

Was seine Ausbilder stets zu schätzen wussten.
Wenn die sagten „Hinnerk, das macht man so“,
dann war das eben so. Keine Frage. Und drum
hätten sie ihn immer gern behalten, der
Reetdachdecker, der Deichgraf, die Männer von
der Landgewinnung oder auch der Fremden-
verkehrsdirektor, denn Hinnerk war auch ein
gelehriger Wattgänger gewesen, der dann später
gern Touristen an den Prielen vorbei über den
matschigen Mutt zur Schiffbrüchigen-Bark führte.

Eben alle die in Kleinhardingssiel das sagen
hatten. Jener kleinen Gemeinde an der
Nordseeküste deren Land schon vor Generationen

dem Meer abgerungen wurde, die sich aber seither ständig – vor allem Winters – dem Blanken Hans zu erwehren hatte.

Aber Hinnerk war nie zu halten gewesen. „He hett Hummeln in Mors", sagten die Leute, womit sie ausdrückten, dass Hinnerk keiner war, der still herumsitzen konnte. Er war einer, der von der Neugier getrieben immer alles wissen wollte und auch „ob achtern Deich auch noch Menschen leben..." Sozusagen. Und das wurde dann eines Tages zur Bessessenheit. Denn Hinnerk wollte ,ma kieken'.

Hinnerk Burmeester will unter die Entdecker gehen

„Ne, wat snackst du dor?!" hatten sie gestaunt am Stammtisch von Malte Harms Dorfkrug, als sie zum ersten Mal hörten von Hinnerk Burmeesters Plan die Welt hinter den Deichen zu erkunden.

„Do hest aver ook Grauppen in Kopp", wunderte sich Fiete Schnööf, Bestmann im Hof von Chris Christiansen, und kippte gleich eine neue Runde Wacholder in die Gläser: "Na denn man Prost!"

„Tüünkram*, Hinnerk, Tüünkram segg ick", Malte Harms meldete sich von der Theke.

„Nee, nee", sagte Hinnerk, „dat grummelt all lang in mi. Ick will dat allens weeten!"

Fiete Schnööf: „Du büst woll n'ganzen vigelienschen**. Jo maal op'n Swutsch*** na Hamboorg is kloor, avers so een richtige Tuur? So mehr as'n poor Daag, kannt du dat överhaupt verknusen****?"

Geesche, Ehefrau von Malte Harms, Wirtin im Dorfkrug und von beeindruckender

Gewichtigkeit, machte dem Spuk ein Ende: „Nu is gnooch", sagte sie und nahm die Wacholderflasche an sich, um sie hinter der Theke zu verstauen. „Kömsnackeree*****, dat allns", verkündete sie. Und: „Morgen ist ook nochn Dag!"

Aber seitdem war alles ganz anders in Kleinhardingssiel.

Irgendwie Aufruhr.

Jedenfalls die ruhige Gewissheit, dass sich man sich auf die seit eh und je zu erwartenden Geschehnisse verlassen konnte, wie auf Ebbe und Flut, war dahin.

Denn nun nahmen sie in den folgender Tagen den Fall Hinnerk Burmeester durch und bekaakelten ihn von allen Seiten.

„Alleen de Weech", sagte Eitel Schindler, dessen Familie es einst der Kriegswirren wegen nach Kleinhardingssiel verschlagen hatte, der aber längst als eine Art Neu-Einheimischer sesshaft geworden war. „Mann, erst Tönning, denn Heide, denn Rendsborg, denn Itzeho-e und Elmshorn – Mannomann"

*Geschwätz **oberschlau ***Sprung ****ausstehen *****Schnapsgefasel

„Ischa auch 'n ganz anner Minschnschlach",
sagte Fred Jäger, auch so eine Kriegsverpflanzung
aber längst in der Gemeinde anerkannt.

Jäger, der eigentlich Lehrer war, hatte mal für ein
halbes Jahr in Itzeho-e in einer Baumschule als
Buchhalter gearbeitet: "Immer etepetete und
immer mimm Muul vorwech. Da bissu nie to
Wort komm, wenn ik mi denk, dat de all so sin..."

„Kann allens nur schlimmer werden. Nach
Hamburch, diesem Moloch, da bist du ja denn
gleich wie im Orient. Da gibt das denn ja Sachsen
und Rheinländer und Bayern – oh mein Gott
abaauch"

Was den Herrn Huber veranlasste von seinem
Tischabonnement aufzustehen und sich zum
Stammtisch zu begeben: „Na, höre ich da etwas
gegen Bayern?"

Herr Huber ist Abonnent des Harmschen
Mittagstisches. Und darum sitzt er all werktäglich
auf seinem Platz, am Tisch direkt vor der Küche.
Er ist eine wichtige Person in Kleinhardingssiel,
denn er ist der Geschäftsführer einer ganzen
Reihe großer deutscher Unternehmen, die dort
– in einem Anbau des Bauern Chris Christiansen,
genauer, in einem Zimmer dieses Anbaus, ihre
Konzernzentralen eingemietet haben. Aus

steuerlichen Gründen. Herrn Hubers Aufgabe ist die Bedienung des Telefons. Was aber nur selten läutet.

„Nein, nein, nein", riefen die Stammtisch-Brüder und besänftigten Herrn Huber mit einem – wie er es nannte „Stamperl" – Wacholder.

Und setzten ihre Betrachtungen von Hinnerk Burmeesters Reiseplänen fort.

„Tja, 'n ganz anner Minschenschlach, kanns wohl segg'n", sagte Malte Harms. Und erinnerte an den Viehhändler Kasper Buddendeich. „De is ja ut Ditmarschen und dat is so eener – de lacht dir ins Gesicht, wenn he di utnimmt."

„Dor kömmt er jümmers, sett sik an'n Disch, maakt sien Köm-Buddel op un lecht sien dick Breeftasch danebn. To'n Sluss is de Buddel leer, aver de Breeftasch jümmer noch voll. Wat seggst du nu? Iss doch so!"

„Tja", meldet sich Fiete Schnööf, „und denkt mal an den Freiherrn Emanus von Rattelstein, der als Aufkäufer für die Elmshorner Haferflocken-Könige arbeitet: Föhrt jümmer in'n schnieken Auto vör, de Fahrer flitzt rut, maackt em de Door op. Und he denn to Fru Christiansen: ‚Gnädige Frau'. Und: ‚Zu liebenswürdig'. Und: ‚Sehr freundlich'. Und: ‚Hoffentlich alle bei bester Gesundheit...' all son Schmuhs, blootz dat de Christiansen sien Ernte an em verkööft. Preiswert versteht sich. Mannomann!"

Fiete Schnööf, das muss man wissen, ist von altem Holsteinischem Adel. Seine Familie lebt dort seit Menschengedenken und war schon einer Menge Herrscherhäuser Untertan gewesen. Den Dänen zum Beispiel und dann auch den Preußen.

Apropos Dänen. Das bringt uns zu Chris Christiansen. Der ist nämlich ein Däne. Was man auch daran sieht, dass vor seinem Haus immer der Danebrog flattert, die dänische Fahne. Aber er und seine seine Familie leben auch schon seit Generationen in Kleinhardingssiel. Ich weiß, dieser Einschub mit Christiansen macht unsere Geschichte nicht besser, aber der Gerechtigkeit willen wollen wir auch ihn vorstellen. Er ist also ein Däne, gehört zur dänischen Minderheit, seine Kinder Malte und Meike gehen auf die dänische Schule – sie werden jeden Morgen mit einem Auto abgeholt. In den Ferien kommt manchmal ein kleines weiß-rotes Auto aus Dänemark mit jungen Leuten. Aber was die dann bei Christiansen machen und überhaupt die Familie, das weiß man nicht. „De lebn ebn so för sik", sagt Geesche, die Wirtin. Und Punkt.

Aber so ganz gern werden die Christiansens nicht gesehen. Weil: Sie sind ja doch irgendwie Fremde. Ausländer sozusagen. Obwohl Fiete Schnööf das natürlich ganz anders sieht.

Doch zurück zu Hinnerk Burmeester. Der hat sich das alles angehört. Und Manches bedacht, Manches verworfen, Manches beherzigt. Plietsch, wie er ist.

Und so kam dann der Tag des Abschieds.

„Also", sagte Hinnerk Burmeester und hatte etwas feuchte Augen. Aber ungebeugt stand er da in voller nordischer Größe. Das freundliche, offene Gesicht gereckt, die blonden Haare fein gestutzt.

„Also, leev Lüüd, ick komm mir för as wie de Herr Columbus, dem tscha ook nich kloor woor wo he landen wullt. Aber so wie för ehn geev dat ook för mich keen Zurück. Ick wull wissn, wie dat da is, achtern Deich."

„So lebt denn wohl!" Und seinen Knotenstock schwingend tat Hinnerk Burmeester mit seinem großen rechten Fuss seinen ersten Schritt in eine ungewisse Zukunft.

Beschützt von einer wattierten Wetterjacke und einer warmen Mütze, die dafür sorgte, dass der Himmel nicht direkt auf seinen Kopf fiel.

Die Freunde in Maltes Dorfkruch versammelten sich ums Fernster, sahen den Freund im grauen Nebel des Vormittags verschwinden und mischten sich schnell einen neuen Pharisäer*. „Auf Hinnerk"

Und Fiete Schnööf bemerkte noch: „Also 'n Bangbüx** ege issa nich – aba vielleicht 'n beeten überkandidelt."

*Kaffee mit einem Schuss Rum und Schlagsahne **Angsthase

Die erste Etappe

Mitten im
Getümmel von
Tönning

Haferflocken
und ein
Butterberg

Mitten im Getümmel von Tönning

Tönning. Eine schöne Stadt, die alles hat, was eine Stadt so braucht. Ne Kirche, ein Rathaus, einen Hafen natürlich. Für Hinnerk Burmeester ganz klar, dass alle Städte, die was auf sich hielten, so auszusehen hatten. Hamburch zum Beispiel. Da nur natürlich alles ‚en beeten‘ größer.

Und wirklich, man kam gern nach Tönning. Schon allein des Ladens ‚Arbeitskleidung jeder Art‘ des Juden Isidor Kaulquack wegen.

Fiete Schnööf erzählt gerne, daß sein Opa sich da schon eingekleidet hatte – der Opa war im Buhnenbau in der Landgewinnung tätig gewesen – und daß der Opa immer sagte: „Bi Kaulquack da geiht man nur enmal hin, im Lebn." Weil nämlich die Klamotten so durabel waren, daß die nie kaputt gingen. Bestes Kattun eben. Und wirklich: Opas Anzug hatte dann ja auch Fietes Vadda geerbt.

Der Isidor Kaulquack war übrigens eines Tages verschwunden. Irgenwie wech. Und statt seiner saß da dann ein bierbäuchiger Herr Schreier im Laden. Aber der hatte nicht die Qualität, so daß sich der Besuch bei ‚Arbeitskleidung jeder Art' bald erübrigte.

Was aber dem Herrn Schreier – der, wie man hörte, ‚irgendwo ausm Reich' gekommen war – nichts ausmachte. Wenn die Menschen nicht zu ihm kamen, dann ging er eben zu ihnen: Allerdings nur an schönen Sonnentagen. Da stolzierte er dann in einer feinen, braunen Tuch-Uniform mit gewienerten Schaftstiefeln über den Markt und dann hinunter zum Anleger.

Und bei diesem Ausgang hatte er die Angewohnheit den Kindern immer die Köpfe zu tätscheln. Die Menschen hatte das sehr verwirrt. Und die Frauen tuschelten, ob der vielleicht nicht ganz in Ordnung sei. Aber laut sagen mochte man das nicht. Denn: Der Herr Schreier war eine Partei-Person, ein Pegeh – ein Parteigenosse.

Na gut, sagten die Menschen, aber musste er darum immer den Kindern die Köpfe tätscheln?

War aber auch egal. Bald war der Herr Schreier wieder irgendwo im Reich. Vermutlich. Die Engländer hatten ihn umgesiedelt, auf der Pritsche eines ihrer plattnasigen, im Getriebe singenden Militärautos. Und Isidor Kaulquack saß wieder an seinem Tresen. Da war die Welt nu wieder in Ordnung.

Wie übrigens auch für Frieda Lindenblatt, die ein Geschäft für Damenwäsche und Kurzwaren führte. Auch sie war zeitweise abwesend. Über die Gründe wurde allerlei gemunkelt, aber so genau wollte man das gar nicht wissen.

Aber ich lenkte ab. Schliesslich wollen wir uns ja um Hinnerk Burmeester kümmern. Dessen erste Reise-Etappe ja nu Tönning war.

Mit grossen Schritten seiner grossen Füsse war er einmarschiert und stellte zufrieden fest, dass noch alles an seinem Platz stand. Auch der Supermarkt von Theodor Meesterharm Erben. Tetsche nannten ihn die Leute, ‚gehn wir ma rüba nach Tetsches'.

Das sagten sie übrigens auch schon beim Vater und bei dessen Vater. Denn alle Meesterharms waren Theodore. Die männlichen natürlich nur. Na, ja das war ja denn auch fein zu merken.

Hinnerk Burmeester also war auf dem Weg zu Tetsches. Auf ‚ehn beeten wat to eeten' stand sein Sinn.

Und so sass denn Hinnerk Burmeester wenig später auf der Bank vor dem Papierwaren-Eck der Firma Petersen und Co, ass seine Frikadelle im Rundssstück und sah dem munteren Treiben auf dem vor ihm liegenden Marktplatz zu.

„Bi Öick is ja bannich* wat los", hatte Hinnerk schon geäußert, als er sich an der Wurst-Theke von ‚Theodor Meesterharm Erben' eine Frikadelle brutzeln liess, was zu einem zustimmenden Nicken der Fleischfachverkäuferin geführt hatte. Die beförderte dann die braune, buttrige Frikadelle ins aufgeschnittene Rundssstück, fragend: „Een beeten Senf ook?" „Jo", hatte Hinnerk gesagt, „een beeten."

Und nun saß er da und ließ den Strom der Menschen an sich vorüberziehen. Mindestens zehn Paare, auch eine Gruppe jüngerer Menschen mit einem Stadtführer, dann zwei Radfahrer, ein Mann mit einem kleinen Auto – kurzum: Für Hinnerk Burmeester war das das reinste Getümmel.

Manche von den Menschen kehrten auch bei Petersen und Co ein, um zum Beispiel das Büchlein ‚Tönning A bis Z' zu erwerben. Petersen und Co. muss man wissen ist nämlich auch sowas wie der Heimatverlag an der Nordseeküste.

*ausserordentlich

Hinter dem ‚Co' verbirgt sich der angeheiratete
Zweig derer von Kiepelkerl. Aber wie hätte das
denn geheissen: Petersen und Kiepelkerl. Da
entschied man sich doch lieber für das Co.

Aber: ‚Tönning von A bis Z' ist wirklich nützlich.
Da kann dem Besucher nun wirklich nichts
entgehen. Zum Beispiel A: Das war die
Schnapsbrennerei vom Heini Bohnsack, der da
aus dem Fallobst seiner sauren Äpfel einen feinen
Obstbrand herstellt, der schon manchem zu Kopf
gestiegen war. Schon früher und so.

Und Z, das ist der Zierfischteich der Witwe
Schneiderhahn, den man – unter den wachen
Augen des einstigen Kapitäns Willisohn – täglich
zwischen zehn und fünf besuchen kann; einen
Teich mit grossen Karpfen, die angeschwommen
kommen, wenn man sie lockt und die sich füttern
lassen, als wären sie Schosshündchen.Tja,
Tönning hat schon so seine Reize.

Manche der Menschen zog es auch zur Kirche.
Doch die ist meistens zu. Bei den Evangelischen
wird die Kirche nämlich nur dann aufgemacht,
wenn man sie braucht – und nicht für mal nen
kurzen Blick und Hallo. ‚Allens to sin Tied*', ist
das Motto. Und Alltags ist nun mal keine Zeit ‚for
de Kerk'.

Meist zogen und ziehen die Leute dann weiter zur Krabbenpulerei von Hermine Raubach. 7.50 pro Spitztüte frische Krabben, fein ausgelöst und noch warm. Da greift man gern mal zu.

Hinnerk Burmeester liess sich sein Rundsssstück warm schmecken. Und staunte, daß all die Menschen seine Stadt Tönning anstaunten. Jedenfalls war das sein Eindruck. Denn verstehen konnte er ja kaum etwas, von dem was die Menschen so sagten.

‚Mannometer – de komm wohl ut aller Herrn Länder', dachte der Hinnerk bei sich. Und da wurde es ihm doch ein wenig mulmig. Wie sollte er in einer Welt mit all diesen Wesen zurande kommen? Und plötzlich stand ihm schockhaft vor Augen auf welches große Abenteuer er sich da eingelassen hatte.

„Da wärn Köm jetz wohl von Nutzen", dachte sich Hinnerk und machte sich auf zu ‚Fritz's Kornkammer'.

*Alles zu seiner Zeit

Haferflocken und ein Butterberg

Eigentlich sollte die Kneipe von Fritz Michaels ‚Fritz seine Kornkammer' heissen. Aber den Leuten gefiel das nicht. Es klang irgendwie wie falsches Deutsch. Und darum hängten sie dem Fritz das kleine ‚s' an. Als Ersatz sozusagen. Denn es steht für das Wörtchen ‚seine' – was die Kornkammer ja nun auch wirklich ist.

Dahin also trieb es Hinnerk Burmeester, runter zum Anleger und bereit zu Aufnahme eines Köm.

Es war wohl mehr als ein Köm gewesen was Hinnerk zu sich genommen hatte, denn er hatte eine unruhige Nacht verbracht bei ‚Swantje Butenschön Witwe Fremdenzimmer' und war darum etwas unwirsch morgens beim Frühstück.

„Zehn!" hatte Swantje Butenschön gesagt, als er sich bei ihr einlogierte und nach dem Zimmerpreis erkundigte. „Aber mit Fröhstück" hatte sie hinzugefügt. Und „Vorkasse natürlich!"

So saß er denn also 'n büschen bedröppelt vor seinem Morgenkaffee, schmierte das Rundssstück mit dem ‚beeten Butta‘ und mit Marmelade, als sich Ole Krautmacher näherte und den Platz vor Hinnerk ansteuerte. „Moin Moin, is wohl gessstattet", murmelte der und zog den Stuhl zu sich heran.

„Muss wohl", sagte Hinnerk Burmeester und biss in sein Rundssstück. Denn es gab ja nur diesen einen Tisch im Frühstückszimmer von Swantje Butenschön.

Und so kamen sie ins Gespräch.

Zuerst das Wetter (‚scheun greun buten‘), dann die Fremden (‚'n beeten to veel Gewimmel‘), dann das Zimmer (‚ooch, ganz gemütlich, nöch‘) und warum Ole zu seinem Rundssstück nicht nur ‚'n beeten Butta‘ und Marmelade, sondern auch noch eine Scheibe jungen Holländer und eine kleine Portion Kalbsleberwurst bekam: „Liecht am Zimmer. Ne annere Klasse. Is vorn raus, zum Hafen. Kostet auch 12!"

Ja, Ole Krautmacher war nicht auf den Mund gefallen. Und er kannte die Welt achtern Deich, die Hinnerk Burmeester doch nun erkunden wollte. Denn er war Vertreter der Firma ‚Pütt un Pann Leo Jenssen Nchflg‘ und musste so, schon von Berufswegen sich mit Land und Leuten auskennen.

Und weil er auch ein Auto hatte, machte er sich anheischig Hinnerk samt seinem Baggerbüdel in die nächste größere Stadt mitzunehmen. „Jo!", sagte Hinnerk und zu sich selbst „Is besser as laufn."

Nicht, daß Hinnerk nicht gut zu Fuß gewesen wäre, immerhin trabte er früher gern mal rüber nach Westerhever zum Leuchtturm, zum schnacken mit Knut Brennschneider, dem Leuchtturmwärter, aber so eine lange Strecke, da nimmt man dann doch lieber den Bus. Oder Oles Auto eben.

Obwohl, Hinnerk ging das eigentlich zu schnell. ,Da kiekst du ausm Fensta, siehst wat und schwupp is dat oock schon wedder wech,' Hinnerk Burmeester wäre gern da und dort mal angehalten und hätte sich die Gegend mal näher angeguckt, aber Ole sagte dann immer: „Geiht nich, Hinnerk, Tied is Geld!" Da mach was...

Zum Beispiel war Hinnerk fasziniert von den Schiffen auf dem großen Nordostsee-Kanal. Als sie über die Brücke fuhren und runter blickten auf die Wasserstraße, da sahen die Schiffe aus, wie im Heimatmuseums von Husum. So klein und so niedlich, wie eben da in der Vitrine. „Dat möchst nich glöben, datt de so groote Pött sünd..." dachte sich Hinnerk. Und: „So sehn dat de Möwen ja nu jeden Dag. So von boven."

Aber schwupp, wie gesagt, war das alles dann vorbei. Und auch Itzeho-e. Ole machte erst in Elmshorn halt.

„So Hinnerk, nu trennen sich unsere Wege. Machs man gut und so." Und dann war Ole weg. Nicht ohne ihm noch zu verraten, dass man dort in manchen Gaststätten, wenn nicht umsonst, wohl aber mit viel Nachschlag, Eintopf von grauen Erbsen essen konnte. „Is ne alte Sitte", hatte Ole gesagt, „musst dir nix bei denken. Is einfach so."

Und wirklich gleich bei Hein Stuckenbrock, dem ersten Wirt direkt am Butterberg, konnte er sich satt essen.
„Na, schmeckts?" hatte der gefragt und sich, weil sonst nichts los war, zu Hinnerk an den Tisch gesetzt. Und so kamen sie ins Plaudern. Natürlich erst das Woher und Wohin.

Dabei kam raus, dass der Hein auch von da oben ist, aus Meldorf um genau zu sein. Er war, infolge des Krieges, wo ja alles durcheinander kam, in Elmshorn hängen geblieben. Wohl auch wegen Meta, der Wirtin. Die hatte Haus und Gaststätte geerbt und brauchte nun einen Mann an ihrer

Seite. „Tschä und so bin ich auch ans kochen gekommen", lachte Hein.

Dass er auch Fachmann im Bierzapfen ist, stellte er an diesem Nachmittag mehrfach unter Beweis. Und so kam es denn, dass sie sich bald duzten, der Hein und der Hinnerk.

Und damit war auch die Quartierssuche erledigt. Hein bot dem Hinnerk eines der Fremdenzimmer an. „Für'n Freundschaftspreis", sagte er, „Vierzehn für die Nacht."
„Handschlach!", sagte Hinnerk. Und freute sich, denn ihm schien das wie ein Schnäppchen. War zwar mehr als in Tönning, aber in einer Großstadt wie Elmshorn...

Der Hein half auch bei der Stellensuche. Hinnerk hatte sich vorgenommen während seiner Expedition auch zu arbeiten. Schon der Reisekasse wegen.

„Wer zwei heile Hände hat, soll sie auch benutzen!", das war schon immer seine Devise gewesen. Und so kam er zu Peter Kölln. Dem mit den Haferflocken. Sie hatten ihn gleich da behalten, als er sich vorstellte. „Ein starker Mann wird hier gerne genommen!", hatte die junge Frau im Personalbüro gesagt, nachdem sie ihn ausführlich betrachtet hatte.

So fand er sich denn gleich darauf im Hof und mit dem Schleppen von Hafersäcken beschäftigt. ‚Rinn‘ in die Mühle und gleich ‚wedder rut‘ und den nächsten Sack ‚aufn Ast‘.

Haferflocken, ‚Na ja, wer‘s mach‘, sagte sich Hinnerk. Die wurden ja dann in den Läden verkauft. In schicken blauen Schachteln und Tüten und als ‚blütenzart‘. „Fürn Mann ist das nix", grübelte Hinnerk, „ne, ne, blütenzart, hahaha, dat is doch eher wat für de Weibsleut."

Wie auch immer: Hinnerk Burmeester blieb einige Wochen und lernte auch seine Kollegen kennen. Meist so schwarze Typen.

„Weiss du, dat de all Vornamen hebbn, de mit M anfangn: Mustafah, Murat, Mohamed, Michailow – so Nam. Ganz nett soweit", erzählte er beim Abendbrot seinem neuen Kumpel Hein", aber zum schnacken sün de nix. Ick habs ma versucht, aba da bruchst du ja ‘ne Sspezialsssprache. Also, ich saegg mal zu dem einn ‚Du wo kommen her?‘, seggt de to mi: ‚Ismir‘. Nu fang da ma wat mit an. So segg ick denn nur noch: ‚Scheun‘ und dann hatte sich das."

Hein lachte. „Das ist nun mal so hier bei uns in Elmshorn. Wir sind schon immer so gemischt. Schon immer. Schon als wir dänisch waren. Und denn kamen ja die Russen und die Preussen und die Schweden und Napoleon hatte auch seine Soldaten geschickt ja und und und..."

„Jo, scheun, Hein, aber de wör ja nich hier um sick nützlich to maakn – oda?"

„Ne dat nich, aber zum Kaffeetrinken ook nich. Was meinzu wohl wat hier los wor. Wat de all hier getrieben hebbn. Und wie später denn de Kinner utgesehen habn. Ganz im Vertrauen: man sagt sich, einige hätten sogar schräge Augen gehabt. So issas hier in Elmshorn. Und denn die Schipper. Machten Walfang, kamen ja richtig große Schiffe angesegelt. Lütt Hamborch nannte man Elmshorn. Dat sacht wohl allens."

„Mann!" Hein Stuckenbrock hatte sich richtig in Rage geredet. Nu brauchte er erst mal wieder ein Bier. Friesisch herb natürlich. Was sonst. Und Hinnerk Burmeester nahm auch einen Schluck. „Mann, dat wor aba ma ne Rede!"

Bei seinen Streifzügen durch Elmshorn landete Hinnerk Burmeester immer wieder am Fluss. Krückau geheissen. „Komisch", dachte er sich oft, „als wär de Fluß irgendwie behindert un bruckt Krücken."

„Na ja, stimmt ja auch irgendwie", hatte er sich dann erklärt, „bi Ebbe leecht dat Schipp ja meest auch auf Grund. Do helpt ja noch nichma ne Krücke um den Kahn denn wedder flott to maakn..." Hinnerk schmunzelte dann gern, obwohl in ihm Zweifel aufkamen, ob auf diesem Gewässer einst wirklich seetüchtige Schiffe fuhren und ankerten. „Na, ja", sagte er sich dann, „mut wohl. De Stadt wär ja sonst wohl nicht so groot gewordn."

Bei einer seiner Erkundungen landete er am Steindammpark. Da standen schöne Bänke. Auf einer sass eine Dame mit ihrem Hündchen.

Hinnerk, höflich natürlich: „Ob man wohl darf?"

Darauf die Dame: „Bitte!"

Und dann: „Er ist wohl nich von hier?"

Hinnerk: „Nee!"

Sie: „Woher denn?"

Er: „Kleinhardingssiel."

Sie: „So!"

Und dann: „Und wo haust er jetzt?"

Er: „Am Butterberg"

Sie: „So!"

Und nach einer Pause: „Ja, ja – Marsch und Geest!"

Da war der Hinnerk baff. Stand auf, deutete eine Verbeugung an und machte sich davon. Das war ihm nun doch noch nicht passiert, dass man ihn so unverblümt aufforderte zu verschwinden. Nicht, dass die Dame das in Form eines Befehls ausgestoßen hätte, sie sagte das mehr so wie nebenbei. Aber immerhin: Hinnerk hatte sie wohl verstanden.

Am Abend in der Wirtsstube von Hein Stuckenbrock war er immer noch ganz aufgebracht. Hein sah die Pein. Und fragte: „Wat liecht an?"

Und da erzählte Hinnerk Burmeester von seinem Abenteuer mit der Dame. „Ach min Jung! Dat hesstu nu aba in de falsche Kehle gekricht", lachte Hein. Die Dame meinte wohl nur, „dass wir hier am Butterberch genau die Grenze bilden von den Marschwiesen und der trockenen Geest."

Und wie zum Trost brachte ihm der Wirt dann gleich mal einen Köm.

Und erklärte gleich noch den Unterschied: „Der Butterberch is nämlich ganz schön viel höher als die Marsch. Siehszu auch, wenn du hier raufmust." Hein Stuckenbrock sagte das irgendwie stolz. Worüber zum Beispiel ein Bayer in lautes Lachen ausgebrochen wäre. Für die Bayern nämlich wäre so ein Höhenunterschied bestenfalls die Stufe einer Treppe. Aber das nur beiseite gesprochen.

Nun möchte man meinen, dass die Sache von Marsch und Geest dem Hinnerk Burmeester doch geläufig gewesen sein müsste. Denn der Lehrer Schneidewind hatte sie bestimmt mal durch- genommen in seinem Fach Heimatkunde. Aber zu vermuten ist, dass unser Hinnerk gerade da mit Mumps, bekannt auch als Ziegenpeter, daheim im Bett lag. Und als er wieder zur Schule ging, war die Sache von den fetten und den mageren Böden längst kein Thema mehr. Das klarzustellen ist uns wichtig, um dem Vorurteil einen Riegel vorzuschieben, Hinnerk Burmeester habe seine Schulzeit damit verplemmpert, den Schafen beim Grasen auf den Deichen zu zu sehen.

Anderntags verkündete Hinnerk Burmeester, dass er nun seine Erkundungsreise fortzusetzen gedachte. Neu-Freund Hein zurücklassend und auch Peter Köllns Flockenparadies. Richtung

Hamburg. Hinnerk: „Nach Lütt Hamburch nu ma das ganz grote!"

„Da nimmstzu wohl besser den Zuch", meinte Hein und kam mit der letzten Rechnung.

Die zweite Etappe

Ein Heimatlied
und
Feindesland

Von Kreuzfahrern,
von Portugiesen
und von
neuen Ausländern

Paar Macker
schuften
und viele
kucken zu

Grosse Brüste
und die
Grosse Freiheit

Ein flacher See
und doch
noch Mastenwald

Ein Heimatlied
und
Feindesland

Als Hinnerk ins Abteil trat, saß da schon einer drin. „Hallo, ich bin der Hermann aus Schnelsen und wer bist du?!"

Hermann aus Schnelsen saß in seinem adretten Anzug, mit Schlips und Kragen, wie man so sagt, am Fensterplatz in Fahrtrichtung und besah sich den neuen Mitfahrer genau.

Hinnerk aber war verdutzt: „Ick? Ick bün de Hinnerk! Un Moin ook!" Nahm seinen Baggerbüdel und warf ihn ins Gepäcknetz. Dann setzte er sich auf den anderen Fensterplatz und guckte raus, auf die vorbei rasende Landschaft.

„Also", sagte der Hermann aus Schnelsen, „wie ein Pendler siehst du eigentlich nicht aus. Bis wohl keiner?"

„Nee!", sagte Hinnerk.

„Aber ein Tourist scheinst du auch nicht zu sein. Oder?!"

„Nee!" sagte Hinnerk.

„Und wo du herkommst, bleibt wohl auch ein Geheimnis?"

„Jo", sagte Hinnerk

„Und wohin du willst, willst du aber wohl auch nicht sagen?"

„Nee!" sagte Hinnerk. „Is aber ook keen Geheemnis. Also ick will no Hamborg."

„Gute Wahl", sagte der Hermann aus Schnelsen.

So gab also ein Wort das andere und ihre Unterhaltung half die Fahrzeit verkürzen. Denn, was sich hier so liest, als wäre es eine flottes Gespräch, trügt. Zwischen den einzelnen Fragen und Antworten lagen längere Pausen, die Hermann aus Schnelsen offensichtlich brauchte, zum Nachdenken.

Dann kam Pinneberg. „Na, nu sind wir ja dann auch bald da", freute sich der Hermann. „Du machst ja einen ganz passablen Eindruck, darum will ich dir auch verraten, dass es hier nicht ganz ungefährlich ist, mit der Bahn zu fahren. Ich mein, man weiß ja nicht, wer mit einem im Abteil sitzt. Meist sind das ja Dänen oder Preußen. Und

ich kann sie beide nicht ab. Ich hoffe, ich hab'
dich damit nu nicht verletzt oder sonst wie
getroffen. Aber ich kann die wirklich nicht
verknusen. Ganz und gar nicht!"

Hermann aus Schnelsen sah mit einem besorgten
Blick hinüber zu Hinnerk. Aber Hinnerk sagte
ungerührt: „Nö!" Und so hatte sich das auch

Als der Zug dann bei Rellingen die Landesgrenze
von Schleswig-Holstein zur Freien und
Hansestadt Hamburg überfuhr, da stand der
Hermann auf, stellte sich in die Mitte des Abteils
und schmetterte mit klarer fester Stimme, laut
und vernehmlich:

„Stadt Hamburg an der Elbe Auen,/
was bist du herrlich anzuschauen,/
mit deiner Türme vielgestalt/
und deiner Schiffe Mastenwald/
Heil über dir Hamonia,/
oh wie so herrlich stehst du da. "

Hinnerk sah und hörte es mit Erstaunen. War aber
schön, dachte er sich. Und war versucht zu
klatschen, aber der Hermann aus Schnelsen hatte
sich da schon wieder hingesetzt.

„Die Sache ist nämlich die", erklärte er dem
Wandersmann aus Kleinhardingssiel, „da drüben"

– und er zeigte mit dem Finger in die rückwärtige Richtung – „ist alles noch preußisch mit kleinen dänischen Inseln. Wer dahin geht, der befindet sich wie in Feindesland."

„Sech blohs", staunte Hinnerk. Und zeigte dann seine Bewunderung: „Denn gehört ja wohl veel Mut datoh, dor hin to fahrn und denn ook noch mit de Eingeborenen... ne, ne, alle Achtung!"

Und dabei merkte Hinnerk überhaupt nicht, dass auch er eigentlich zu den ‚gefährlichen Eingeborenen' gehören könnte. Und sollte er mal – nur so für den Fall – darüber nachsinnen, dann kämen für ihn, was das betrifft, sowieso nur die von ganz oben, so von Schleswig in Frage.

„Ach, sach ma nix", wehrte Hermann ab, „wir Hamburger sind das ja gewöhnt. Wir sind ja die geborenen Abenteurer und fürchten weder Tod noch Teufel. Aber: Man muss schon auf der Hut sein."

Dann kam Altona.

„Nix wie raus", sagte Hermann aus Schnelsen „und nix wie weg! Das hier ist auch ein gefährliches Pflaster, Immer noch total preußisch verseucht. Hinnerk, ich sag dir, mach dass du nach Hamburg rein kommst und lass dich hier

nicht aufhalten. Die hier können einen nämlich
dumm und dämlich bequasseln..."

Hermann aus Schnelsen nahm seinen Koffer,
setzte seinen Hut auf und dann sah Hinnerk wie
er in Windeseile in einer S-Bahn verschwand.

Von Kreuzfahrern,
von Portugiesen
und von
neuen Ausländern

Als Hinnerk am Baumwall aus der Hochbahn
stieg, ging sein erster Blick natürlich zum Hafen.
Und schon setzte die Enttäuschung ein. Von
wegen Mastenwald – er hatte das Lied des
Hermann aus Schnelsen noch im Ohr –
Mastenwald... hahaha: Da lag ein einsamer,
verhärmter Dreimaster am Kai vertäut und das
auch ganz ohne Takelage.

Ein netter Mensch in Altona hatte ihm dieses Ziel
empfohlen. Da am Hochbahn-Bahnhof liegt das
Portugiesenviertel, hatte der gesagt. Da würde er
dann bestimmt ein Quartier finden. Und, weil er
doch nach Schiffen gefragt hatte, bekam er die

Auskunft, dass es dort auch von Schiffen nur so wimmeln würde.

Hinnerk stapfte dann natürlich gleich runter zu den Landungsbrücken und zur Hafenpromenade, um die Lage in Augenschein zu nehmen und um zu sehen, ob das mit den dicken Pötten, die immer rein und rausfahren genau so eine Verkackeierung ist wie mit dem Mastenwald.

Hinnerk also promenierte. Wo waren sie nun die Schiffe? Wo sind die Seefahrer aus aller Herren Länder, die sich hier doch tummeln sollten.

„Ach, entschuldigen Sie bitte", sprach er einen Mann an, der stolz eine Kapitänsmütze auf dem Kopf trug und aussah als wäre er sowas wie eine Amtsperson. „Bitte, wo sin denn nu de ganten grooten Pötte, de hier imma ut aller Welt anlegn."

Der Mann musterte Hinnerk lange und nachdenklich und meinte dann: „Na, sie sind wohl nicht von hier. Also dann zu ihrer Aufklärung: Die dicken Schiffe kommen hier nicht mehr vorbei. Die biegen vorher ab, dort" – und der Kapitän-Mützler zeigte in Richtung Elbmündung – „dort liegen nämlich die Container, die sie aufladen. Diese großen Pötte sind für hier nicht gebaut. „Viel zu flach hier, und zu eng."

„Ach so", sagte Hinnerk und verbarg seine Enttäuschung nicht.

Der Mann hatte offensichtlich Mitleid und war wohl auch in Redelaune, darum erklärte weiter: „Die einzigen großen Schiffe, die hier noch vorbei fahren sind die der Kreuzfahrer. Die machen dann dahinten fest" Und damit zeigte er in die entgegengesetzte Richtung, flussaufwärts.

„Danke", sagte Hinnerk und setzte sich auf eine der dort stehenden steinernen Bänke.

Die Kreuzfahrer – war das nicht im Mittelalter?

Gibt dass die denn heute noch? Und was machen die hier im hohen Norden? Und sind die mit ihrem Kreuzzug nicht damals am Rhein entlang ins Heilige Land gezogen. Alle hoch zu Ross, in diesen weißen Mänteln mit dem schwarzen Kreuz auf dem Rücken, Helme auf den Köpfen und dann natürlich die großen Schwerter in den Händen. Hinnerk hatte noch die wilden Geschichten im Ohr, die einst der Lehrer Schneidewind so plastisch zu erzählen wusste.

Wieso fahren die jetzt mit einem Schiff? Die sind doch sonst immer geritten um den Herrn Jesus zu rächen. Und nu plötzlich diese Bequemlichkeit...

Hinnerk wischte sich den Schweiß von der Stirn. ‚Un geevt dat dat überhaupt noch, düsse Scharmützel mit de Muselmännern?'

Der Reisende aus Kleinhardingssiel war total verwirrt. Erst kein Mastenwald, dann keine dicken Pötte und stattdessen nun die Reiterheere in Schiffen...

Und zu allem Überfluss, auf dem großen Strom nur noch kleine Schiffchen und Barkassen, die hin und her flitzten – einer sogar als Raddampfer, der kam bestimmt vom Mississippi – und alle transportierten Menschenmassen. Wohin?

Hinnerk machte sich auf ins Portugiesenviertel. Zweifelte aber sehr, ob er da überhaupt Portugiesen antreffen würde.

Es war Uwe Przybilla der Hinnerk Burmeester von seiner Kreuzfahrer-Fantasie befreite. Soviel schon mal vorweg, aber zuerst wollen wir mal hören, wie Uwe und Hinnerk zusammen kamen.

Hinnerk saß in einem der vielen Portugiesen-Restaurants, die im Portugiesenviertel alle Straßenseiten säumen, an einem Zwei-Personen-Tisch im ‚El Vino Verde'* als Uwe Przybilla das Lokal betrat und stracks auf ihn zusteuerte. Dann „Tach auch", sagte, sich mit einem „Is wohl

*Der grüne Wein

gesstattet", auf den freien, zweiten Stuhl schwang
und dem Kellner zurief: „Ehnmal Lütt un Lütt*."

Hinnerk hatte nichts gegen die Gesellschaft,
zumal der zweite Platz an seinem Tisch der
einzige noch freie war. So um halb Sieben rum
sind nämlich alle Gaststätten ausgebucht. So auch
das ‚El Vino Verde'.

Aber das war eigentlich nicht der Grund für
Hinnerks Bereitschaft gewesen Uwe an seinem
Tisch zu dulden, er sehnte sich vielmehr nach
'n beeten Schnack'. Und da kam ihm der Uwe
Przybilla gerade recht.

Der Uwe nahm, als der Kellner das Lütt und Lütt
gebracht hatte, erst mal den Schluck Köm, spülte
mit dem kleinen Bier hinterher und fragte, eher
beiläufig: „Du büst wohl nich von hier?"

Hinnerk Burmeester erklärte sich. Nämlich, dass
er mal erkunden wolle, wie es denn in der Welt
hinterm Deich so aussieht und dass er nun im
großen Hamburg angelandet sei. Und zwar mitten
im Portugiesenviertel in dem ja nun wohl
wirklich allerlei Portugiesen hausten.

„Du möchst dat ja nu garnich glaubn, nach all de
Enttäuschungn", sagte Hinnerk und klärte Uwe
auf, in Sachen Mastenwald und große Pötte.

Uwe Przybilla fand das witzig: „Mann! Wolebstndu? Das mit die Masten war doch früher. Nu fahrn doch schon lang keine Sechler mehr, jetzt habn de doch alle Diesel!"

„Ooch so", sagte Hinnerk und brachte dann die Sache mit den Kreuzfahrern zur Sprache.

Da sah ihn der Uwe Przybilla ganz scharf an und fragte: „Du bisdochnich messchugge, bregenklöterich**, oda? Denkzu wirklich, dasssieimmanoch auf Tour sind, als Jesus-Rächer? Ne, nöch? Du sspinnst nur. Nu hömazu: De Kreuzfahrer hüt sin meest olle Geldsäcke, denen dat nix utmacht ma 'n paar Dusender für ne Fahkarte auszugebn, fürn Swutsch inne Nordsee..."

Uwe Przybilla holte Luft und dann zum Kellner: „Noch ne lüttsche Lage!"

„Wennuwills kannzu morgen mamitkomm, und dir dat ankucken, ich sorch da nämlich für Klar-Schiff", so Uwe Przybilla nach dem zweiten Köm mit Bier.

Kurzum: Der Uwe gehört da zur Schiffs-reinigungs-Mannschaft, die nach dem Andocken der grossen Kreuzfahr-Dampfer das Schiff stürmt, um dort den Dreck, der bei ersten Teil

*Ein ganz kleines Bier und kleiner Schnaps **schwachsinnig

47

der Reise angefallen ist, zu entsorgen. Klar Schiff eben.

Hinnerk zeigte Interesse.

Und Uwe machte sich über seinen bestellten Angel-Schellfisch her. „Höhöhö – Angelschellfisch, wer's glaubt", tönte Uwe. „Da fahrn de doch nu mit die großen Fabrikschiffe durche Weltmeere, und mit ihre Schleppnetze fangnse alles, undwennseanlegn, denn sind die ganzen Fische schon Fischstäbchen und in feine bunte Schachteln. Un sogar schon paniert. Fertig fürn Supamarkt. Wassachzunu?!"

Hinnerk sagte garnichts, er staunte nur. Und Uwe dann: „Und nu also Angelschellfisch, als ob die nebenher nochn Angler mit an Bord hätten... höhöhö... Kellner noch ehn Lütt un Lütt!"

„Unüberhaupt: Die Angelschnur müsste ja meterlang sein, um überhaupt ins Wasser zu komm. Und könnte der Angler von da ganz oben überhaupt sehn, wenn der Korken tanzt, nachdem da einer angebissen hat... ne ne ne... Ich glaub ja eher, dass son Fischsortierer an Bord, wenndern schön Schellfisch sieht, dat der den beiseite leecht und sspäter dann in Hafen damit zum Fischmarkt geht. So macht der denn nebenbei noch ne müde Mark... oda?"

Es war so gegen Zehn als Uwe Przybilla das ‚El Vino Verde' verliess. Nicht ganz so sicher auf den Beinen – ‚'n büschen betüddelt' eben.

Hinnerk war mit ihm rausgegangen. Uwe zu ihm: „Also bis morgn. Um halb Sechs un pünktlich, ich hol dich hier ab...!" Und dann verdrückte sich der Uwe in Richtung Heimat, leicht schwankend, wie einer der es gewohnt ist Wellen und Wind zu trotzen...

In der Pension ‚Wie bei Muttern' von Frau Wiebke – geborene Möller, verwitwete Gonzales – hatte Hinnerk Burmeester Quartier bezogen. Und war, auch dank des von Frau Wiebke ausgeliehenen Weckers, pünktlich aufgewacht, war in seine Klamotten geschlüpft und dann schnell runter vom Hochparterre hinüber zum Eingang von ‚El Vino Verde'.

Hinnerk musste nicht lange warten in dem frühen, trüben Zwielicht, mit dem sich die Nacht langsam verabschiedet und der Tag sich müht zu übernehmen.

Und wirklich, dann kam auch schon der Uwe Przybilla angedüst. Mit einem kleinen Transporter.

Und dann flott zum Kreuzfahr-Anleger, quer durch den Freihafen, das heißt durch das, was von dem noch nachgeblieben ist. Und denn standen sie vor der ‚Queen Elizabeth Zwo'. Das heißt vor einen großen, hohen, dunklen Mauer.

Hinnerk: „Un wo is nu dat Schipp?"

Uwe: „Da ssstehn wir direkt davor!"

Hinnerk war baff: „Dat solln Schipp sin? Du willst mich wohl rammdösig* machn? Dat is doch 'n Hochhuus mit ner grooten Mauer drumrum. Sowat kann doch ganich schwimmn..."

Das waren mindestens zehn Stockwerke, die man über der Mauer zählen konnte. „Nee", sagte Hinnerk, „dat ist ken Huus. Dat isn Wolken-kratzer. Komm Uwe, nu hest du dein Spaß hebbt, loot us nu man zum Schipp gehn!"

Uwe Przybilla sagte garnichts, ging sschweigsam zur Stahlwand, Hinnerk trottete hinterher, dann war da eine Treppe, die sie betraten, immer an der Wand entlang. Und dann waren sie oben. Wo ihnen ein schniecke Uniformierter wortlos den Weg wies.

„Wohnhuus mit Privatpolizei", dachte sich Hinnerk, fand sich plötzlich in einem Umkleideraum, wo man ihm einen orangefarbigen Arbeitsanzug verpasste. Denn, so Uwe Przybilla: „Wennuschondabeibis, kannzu auch gleich ma mit anfassn!" Und damit hatte er Hinnerk auch schon einen Wischmopp und einen Eimer in die Hände gedrückt. „Nu kommmamit!"

Sie tappten durch enge Gänge und standen dann in einer ersten Kabine: Ein hübsch möbliertes kleines Zimmer mit Badezimmer nebenbei.

„Also", sagte Uwe Przybilla, „Esisso: Wir wischen mitm Feudel feucht durch, sstaubsaugen auch, leeren die Papierkörbe, putzen das Bade-zimmer, nachher komm' de Deerns** machen die Bettn. Also los Hinnerk!"

„Von wegen Schipp, dat isn Hotel", erkannte Hinnerk, wollte aber keinen Streit – „wenna dat patuh will" – und fügte sich. Er wischte feucht durch.

Nach so vier, fünf, sechs kleinen Hotelzimmern, nahm Uwe Przybilla den Hinnerk mit zum Bug des Schiffs. Und da staunte Hinnerk dann erst recht. Denn nun sah er, dass da alles war, was so zu einem Schiff gehört. Sogar Anker mit Anker-kette.Und, als er nach oben sah, nach ganz oben, da entdeckte er auch die Brücke.

*schwindelich **Mädchen

„Mann! Uwe! Un dat schwimmt?"

„Musswohl", sagte Uwe Przybilla und sagte das
so stolz als würde ihm dieses Ungeheuer selbst
gehören. „Tja, das ist die Queen Elizabeth"

Wirklich, Hinnerk war von den Socken: „Wenn
de Queen schon so een Schipp hett, wat mutt se
denn ers für Paläste hebbn...Da kann du ma sehn,
düsse Engländer..."

Dann kam die Mittagszeit. Natürlich konnten die
beiden Orangemänner nicht in eines der feinen
Restaurants, die sie mit ihren Eimern und Putz-
utensilien durchquerten, die waren für die Fahr-
gäste reserviert. Und darum gingen Hinnerk
Burmeester und Uwe Przybilla ‚an Land' und zu
einer am Kai befindlichen Würstchenbude.

„Zwiemol Hottdocks", verlangte Uwe Przybilla.

„Nenene, Uwe, lot man, ick ess doch keine
Hunde!" protestierte Hinnerk. Docks waren
Hunde, wusste er, schließlich war er schon mal
auf Sylt gewesen – als Strandläufer machte er da
in einer Saison den Dreck der feinen Schnösel
weg – und da waren auch Engländer mit ihren
Kötern gewesen. Also, nix mit Docks.

„Uwe, ick nehm ma lieber ne Knackwurst mit Rundssstück!" Hinnerk zu seinem neuen Freund.

Da mischte sich der Wurstverkäufer ein: „Abah mei Guddsda, ich sach mah soh, des mid dene Oddoggs sin doch nua Fisemadendsche* fir de Amerigana. Gönnde von mior aus oo Elefand in Deichmandl heissn, wär mior oo egal. Weil: Iss imma efach Gnaggwurschd in Runschdügg. Glar oda?"

Hinnerk verwirrt und leise zu seinem Freund: „Mensch Uwe, wat isn dat für ener?" – Uwe: „Musstdirnixausmachn, isn deutscher Ausländer, davon gibt das jetzt imma mehr von!"

Hinnerk, laut: „Man liehrt ja ni ut, wat Uwe?"

Und dann nahm er sich vor, das alles aufzu-schreiben. Denn das viele Neue, das einem so begegnet, das konnte man ja garnicht alles behalten. Darum wollte er sich gleich morgen ein Buch kaufen, in das er alles schreiben wollte, was er auf seiner Reise erfuhr.

*Unsinn

Paar Macker schuften und viele kucken zu

Natürlich bekam Hinnerk Burmeester auch noch seine dicken Pötte zu Gesicht. Und das kam so: Eines Tages stolzierte er mal wieder die Landungsbrücken entlang – er mochte es gern, wenn die so schön schaukelten (‚As wie aufm Eider-Kutter') und außerdem mochte er den Geruch von Brakwasser-Düften vermischt mit Dieselqalm – also er mal wieder mitmang den Touristen und den Hafenrundfahrern.

Und da passierte es, dass er auf eine kleine Barkasse stieß. Die da einstiegen das waren aber keine fremden Besucher, das waren eher so Macker, wie er nun ja jetzt auch: Grosse Hände zum Zupacken, dick vermummelt, wegen der Kälte, Mütze auf und so.

Hinnerk fragte, ob er wohl mal mitfahren könnte, weil er würde das alles gern mal sehen. „Biszun Quiddje*?" fragte der Barkassenführer. „Nee! Glöw ick nich." sagte Hinnerk und spulte mal wieder seine Litanei ab, von Kleinhardingssiel und seiner Weltreise. „Na, denn komm man an Bord", sagte der Elbkaptain.

Hinnerk kam dann auch gleich mit einem der Macker ins Gespräch. Und der erklärte ihm, wie das jetzt so zugeht im Hafen: „Also da sind ja nun all diese großen Stahlcontainers, wirszugleichsehn, große Blechbüchsen kann man auch sagn, da sind ja nu all die Sachen drin. Und die werden mitm Laster angefahrn oder mit de Bahn und kommen denn aufs Schiff. Und das machen wir."

Hinnerk: „Ihr poor Piepels?"

„Jo", so der Macker: „Das geht nämlich so: Da kommt son Container mitm Laster, wird an einer bestimmten Sstelle abgeladen, dann kommen wir mit unserer Ladebrücke – was so ne Art Kran ist – farn drüber, schnappen uns den Container – alles automatisch natürlich – und dann die Brücke und ich rüber zum Schiff: Zuerst natürlich die Blechbüchse hochgehüsert und dann überm Schiff: Und ab dafür. Wer zuerst kommt und so, macht der Computer. Bis der ganze Kahn voll ist mit diese Kisten. Sieht von weitem aus wie lauter Konservendosen. Aba schön bunt"

Und wirklich: Soviele Blechbüchsen hatte Hinnerk noch nie auf einem Haufen gesehen.

*Fremder

Vollgeladen sahen die Schiffe aus wie Umzugs-
laster. Kaum, dass man noch was vom Schiff
erkennen konnte. Und die das verladen, sind nur
diese paar Macker auf ihren Verladebrücken?

„Ja früher, weisszu, da warn hier ja noch ne
Menge Menschen beschäftigt, die sich den
Rücken krumm machten, die die Säcke und die
Kisten schleppten, rauf aufs Schiff oder runter
vom Schiff. Heute ist ja nu alles in diese
Stahlbüchsen. Und darum sind nur noch wir da.
Und der Computer, der sacht wos lang geht!"

Auf der Rückfahrt als sie zwischen all den
Hafenrundfahr-Schiffen vorbeiwieselten,
schmunzelte Hinnerk für sich: „Kanns ma sehn,
vier Mann, segg ick mol, arbeitn und hunnert
kiekn dabei to."

Und machte sich auf zu noch einem Schnack mit
dem Elbkaptain. Der: „Diese Riesen-Pötte könn'
nämlich nich farn wie sie wolln, will ma sagn, die
müssen immer warten bis genuch Wasser vonner
Nordsee reindrückt, Ebbundflut weisszu, dann
könn die wendn. Is übrigens nich anderns mit
diesen Kreuzfahrern, die müssn auch warten und
werden dann von Schleppern bugziert."

„Mann aber ook!", Hinnerk war sprachlos. Und
als er dann noch diese große Elbbrücke sah, die

sich über den ganzen Hafen und den Fluss beugte, da war des Staunens kein Ende. Denn über diese Brücke wälzte sich ein ständiger Strom von Lastautos. Eins hinterm andern. Grad so als wären es alles Waggons von einem Eisenbahnzug – nur ohne Lokomotive...

„Un in Tönning door staunst du al, wenn mol dree Krabbenkutter toglich einförn wull'n un du denkst, nee wat förn Gedrängel aber ook...“ Hinnerk fühlte sich wie in ein Wunderland versetzt.

Als er dann abends ‚Wie bei Muttern‘ also bei Frau Wiebke im Frühstückszimmer saß, da hatte er eine Menge aufzuschreiben.

Grosse Brüste und die Grosse Freiheit

Irgendwann und irgendwie war Hinnerk Burmeester auch auf der Reeperbahn gelandet.

Man muss sagen, das war ihm alles nicht ganz geheuer. All diese großen Bilder von Frauen mit nackten Brüsten und dann diese Seemänner die vor den Türen der Gaststätten standen und zu allen Leuten sagten sie sollten doch reinkommen, drinnen wären alle Frauen nackt.

Nee, Hinnerk war das einfach peinlich, denn er war scheu, von hause aus.

Aber all den Leuten, die sich mit ihm in Richtung Große Freiheit bewegten machte das offensichtlich Spaß. Die lachten und guckten sich neugierig all die Bilder an und bestaunten all die Brüste.

An der Großen Freiheit musste Hinnerk eine Pause einlegen, mal Luft holen. Er sah sich um und sah den Mijnhard van't Bommel, der es sich auf einem Randsstein bequem gemacht hatte, ne Flasche Bier in der Hand und Prost.

Mijnhard van't Bommel, muss man wissen, ist ein eingewanderter Holländer, der sich in Hamburg als Stadtführer nützlich macht, auch, weil er mehr als drei Sprachen beherrscht. Und der sich hier ausruhte, nachdem er eine schnatternde Gruppe von Chinesen durch diese Hamburger Attraktion geführt hatte. Die saß nun längst wieder in ihrem Bus und Mijnhard wie gesagt auf dem Randsstein.

Hinnerk also fragte, ob er sich zu ihm setzten dürfte. „Jo, Mannetje, ga man sitten!" sagte der Mijnhard und winkte mit der Flasche: „Kannste holen, daar bei die Kiosk" und wies hinüber ans Eck, wo in einem Büdchen all dies und das angeboten wurde. Hinnerk holte sich ne Flasche ‚Holsten Edel'.

„Mann, hier is aver wat los", sagte er zur Einleitung zum Mijnhard, dem er sich vorschriftsmäßig vorgestellt hatte, und danach der Mijnhard bei ihm. Na, wie auch immer.

Mijnhard klärte Hinnerk auf: „Dat is hier son Saak. De Meiden* trekken sich aus en und wenn de Kerels** dat willen, dann maken die dat ook met de Kerels." „Aha", sagte Hinnerk, „dat is also de grote Freiheit. De grote Freiheit vun de Frunnslüüd, mit de Manneslüüd to maaken wat se wolln."

„Ja", sagte der Mijnhard, „dat ook wel, aber in de Historie war da even anders. Denn in de oude Teid***, als dese Teil noch zu Altona, nämlich Preussen behoorde, da wollte veel Mensen van hier weg und hin na Hamburg. Hier suchten se de groote Freiheit. Rin in de Freie und Hansestadt – so was dat mal. Vertellen se teminste****. Wie weet – kann ook presies omgekeerd sein."

---

*Mädchen **Kerle ***alte Zeit ****erzählen sie jedenfalls

Und während sie noch plauderten, kam ein fesches Mädchen auf sie zu. Ganz kurzer Rock, aber wirklich ganz kurz, hohe Schuhe, aber wirklich ganz hohe, dass man kaum darin gehen konnte, rote Haare, aber ganz rote, als wäre gerade Sonnenuntergang, und eine Bluse... naja, woll'n mal sagen, ganz gut gefüllt, konnte man aber auch sehen.

„Na, ihr Süßen", sagte das Mädchen, „wollt ihr nicht auch mal ein bisschen Spaß haben?" Mijnhard blickte interessiert, aber Hinnerk sagte: „Nee lot man, mien Deern, wi sünd graad so scheun biem schnacken..."

Worauf sich das Mädchen trollte, irgendwas von „olle Döösbartels*" vor sich hinmurmelte, was Hinnerk als nicht gerade freundlich empfand. Aber so sind wohl die Mädchen hier, in der Großen Freiheit.

Jetzt ist es aber an der Zeit mal klarzustellen, daß Hinnerk Burmeester sehr wohl weiß, was Frauen mit Männern so alles anstellen können und umgekehrt. Hat er nämlich alles auch schon gemacht. Schließlich ist Kleinhardingssiel und Umgebung nicht ein Was-weiss-ich-wo-Provinz-dorf. Da gibt das nämlich auch ganz flotte Weiber. Ne ne, Hinnerk weiß Bescheid. Nur diesmal war sein Kopf nicht frei für solche Allerlei-Vergnügungen.

Außerdem hatte Hinnerk ein ganz anderes, drängendes Problem: „Segg mol, wo kann een denn hier pinkeln?" fragte er Mijnhard van't Bommel. Der: „Ooch, ejgentlich överall."

Und damit rappelte sich der hoch, auf seine Einszweiundsiebzig und verschwand in die Nacht. Nicht ohne Hinnerk noch „en hroden Avend" gewünscht zu haben. Er ging nach rechts in die Dunkelheit, wo keine Neonröhren blinkten, also geradewegs nach Altona, und damit, wenn man so will, eigentlich genau in die Unfreiheit...

Was Hinnerk dann in einem der Etablissements, das er zwangsläufig besuchen musste, erlebte, wollen wir hier nun nicht weiter ausbreiten. Schließlich sind das ganz intime Sachen. Oder? Nur soviel noch: Irgendwie ist das für ihn dann noch ganz spaßig geworden.

*Dummköpfe

Ein flacher See
und doch
noch Mastenwald

„Wenn du di dat recht överleggst, denn mutt dat wohl hunnert Johr, duurt* hebbn ehe disse See hier so vull wör", sagte Hinnerk zu Klaus-Dieter Stutenbrock, seines Zeichens Rentner, der sich zu Hinnerk auf die Bank gesetzt hatte, wie sie in dem kleinen Grünstreifen vor der ‚Schönen Aussicht' so rumstehen und auf die Außenalster blicken.

Rentner Stutenbrock wiegte den Kopf.

„Ick segg mol so", wieder Hinnerk: "De Alster is jo nu'n lütt Stroom, disses hier, disse See aber is ja recht riesick. Bit de vollloopen is... schließlich is de ja ook noch deep..."

„Ooch, eigentlich nicht so", sagte Rentner Stutenbrock.

„Aber mutt doch", war Hinnerk überzeugt", föhrt doch sogoorr groote Damper opp..."

„Ooch die", meinte Rentner Stutenbrock, „die sind ja ganz flach, mit diesen Alsterdampfern kann man sogar über ne feuchte Wiese fahrn, sacht man... also fachlich gesprochen: Die haben gar keinen Tiefgang..."

„Good, dat wüss ick nu nich", Hinnerk wieder: „Aver dennoch duurt dat woll veel Tied, bit de Hamburgers hier to Pott kamt, un all dat Water gesammelt hattn..."

„Mach sein", sagte der Rentner Stutenbrock und wiegte wieder den Kopf: „Mach sein."

„Annerersiet", nun wieder Hinnerk, „dat könnt ook so weest sin, dat se bi Flut dat Water vunne de Elv hier rinloopen laaten und denn kurz vor Ebbe vorn dann allens flink tomaakt, dann hättn se ja ook schon mal veel Water hier gehortet..."

Man merkt, Hinnerk sieht zwar aus wie ein Waldschrat, jedenfalls so lang, fast zwei Meter und so breit wie ein Schrank, und Hände wie Schaufeln und Füsse so gross und so lang, dass jederman sehen konnte: Die können was weglaufen. Das also ist Hinnerk, also eher etwas derb, sozusagen – aber drinnen ist er auch ein kleiner Philosoph und einer der sich so seine Gedanken macht.

So wird das also wohl gewesen sein, mit der Alster. Hinnerk lehnte sich zurück und genoss den Anblick. Hinten die Stadtsilhouette mit all

*hundert Jahre gedauert

den Türmen und davor all die Segelboote, dicht bei dicht (‚Dat de garnich tosammnsstoßen mit de lange Masten‘).

Da tat Hinnerk Abbitte beim Hermann aus Schnelsen, denn hier nun sah man es ja ganz genau: Türme „vielgestalt“ und dann den besungenen „Mastenwald.“ Ne, war schon beeindruckend.

Der Rentner Stutenbrock stand auf, lüpfte den Hut, pfiff seinen Hund und sagte: „War nett mit Ihnen zu reden, aber nun muss ich...“ Deutete eine knappe Verbeugung an und ging in Richtung Alte Rabenstrasse davon.

Netter Mann, dachte sich Hinnerk Burmeester, konnte sich aber noch nicht von dem schönen Ausblick trennen. Und darum blieb er noch eine Weile sitzen.

Meistens war Hinnerk Burmeester fleißig. Schon der Reisekasse wegen. Er klopfte hier und da mal ‘nen Nagel ein, oder strich darüber mit Farbe, war auch mal Festmacher auf der Barkasse von Ole-Sven Nissen, dem Unternehmer von ‚Nissens lehrreiche Hamburger Hafenrundfahrten und Gesellschaftsfahrten GbR‘ oder putzte mit seinem Freund Uwe Przybilla die großen Kreuzfahrt-Schiffe. Eben wie‘s so kam.

Und dann war da ja auch noch Wiebke. Sie wissen schon: Frau Wiebke, der die Pension ,Wie bei Muttern' gehört, die sie mit strenger Hand und wachem Blick führt. Oh, wie die drei Karibik-Mädchen flitzen, wenn Wiebke ihre Order erteilt. Aber davon soll ja hier jetzt nicht die Rede sein. Vielmehr geht es um Hinnerk, auf den Wiebke ein Auge geworfen hatte.

Kein Wunder, er ist ja auch ein ansehnlicher Mann, hat Manieren und ist auch sonst sehr anstellig. Und Wiebke ist eine stattliche Person, schick auch, mit vollem,festen blonden Haar, das sie gern auch als geflochtenen Zopf trägt, blitzende meereswasserblaue Augen, und auch sonst alles dran.

Kurzum: Wiebke war so frei sich den Hinnerk ins Haus zu holen. Nicht so als Gast, sondern schon als mehr. Schließlich war sie solo, Witwe na klar, und konnte bestimmt einen Mann gebrauchen. So und so.

Um es kurz zu machen: Im Laufe der Wochen, die Hinnerk nun schon im Hamburger Portugiesenviertel hauste, sind sich die beiden näher gekommen. Ganz besonders an dem einen Wochenende, wo sich wieder Heerscharen von Dänen im Viertel drängelten, um sich einen auf die Lampe zu gießen. Das machen die gern, weil bei ihnen daheim, da haben sie das nicht so mit dem Alkohol.

Die Dänen also ‚Wie bei Muttern', ausgelassen und denn gleich rüber zu ‚El Vino Verde' und losgebechert. Und noch 'ne Runde. Und noch eine. Und dann wollten sie alle eigentlich alle – wie immer – zur Reeperbahn, aber die meisten schafften das nicht. Duhn wie sie waren. „Na, denn eben nicht, denn machen wir das eben im nächsten Jahr", sagten die, die noch des Redens mächtig waren.

Also kamen sie dann wieder rauf zu Wiebke, um sich ihren Rausch auszuschlafen und vielleicht vorher noch ein bisschen bei Wiebke anzulegen. So zu sagen. Da kannten die nichts. Und sie hatten oft kräftige Arme – das und dazu denn noch viel Sehnsucht, man weiß ja wohin das führt.

Aber just in diesem Augenblick war Hinnerk zur Stelle und frachtete die Jungs in ihren Betten. „Feierabend", kam es aus seiner großen Höhe. Da gab's denn keine Widerworte.

Und Wiebke umarmte ihn. Nur so aus Dankbarkeit. Sagte sie jedenfalls.

Ja, so hätte das ja nun immer weiter gehen können. Ging aber nicht, denn Hinnerk hatte ja

seinen Plan. Und, die Männer aus dem Norden
halten ihr Wort. Immer. Da gibt das kein zurück.
Wogegen auch Wiebke, die blonde Schönheit
nichts machen konnte. Obwohl: Sie waren sich
ja nun wirklich näher gekommen, besser gesagt,
ganz nah.

Aber Wiebke, klug wie Frauen sind, wusste, dass
sie ihn nicht von seinem Vorhaben abhalten
konnte, wenn sie ihn denn ganz für sich gewinnen
wollte. „Er kommt tscha auch ma wieder zurück",
sagte sie sich dann und machte sich damit
Hoffnung.

Und so kam denn der Tag an dem es ans
Abschiednehmen ging. Uwe war da und Wiebke
war mitgegangen rüber zu ‚El Vino Verde' und
versuchte sich an der Hausmarke.

Es wurde ein feuchtfröhlicher Nachmittag, der als
es Abend wurde, leider sein Ende finden musste,
denn um 20.25 ging der Zug.

„Wohin, Hinnerk, wohin?" fragten Wiebke und
Uwe Przybilla. Hinnerk darauf: „De Welt
erkunden."

So standen sie dann untergehakt auf dem
Bahnsteig, schoben schließlich Hinnerk ins
Abteil, aber nicht bevor sich Wiebke mit einem

dicken, unendlichem Kuss von Hinnerk
verabschiedet hatte. Und mit feuchten Augen.

Dann fuhr der Zug aus dem Bahnsteig. Wenn
Hinnerk nicht so beschickert gewesen wäre, hätte
er sie noch lange sehen können, Wiebke und Uwe
auf dem Perron, der verschwindenden Bahn
nachsehend. Aber Hinnerk war da schon im Land
der Träume gelandet. Wo es ihn träumte, er wäre
auch zum Hamburger geworden. „Nu man blohs
nich", Hinnerk ganz laut im Schlaf. Was aber
keinen störte, denn er war ganz allein im Abteil.

Die dritte Etappe

**Altes Bier
und denn
z'Fuss**

Altes Bier
und denn
z'Fuss

Da saßen sie nun auf dem Bahnsteig vom
Düsseldorfer Hauptbahnhof, Hinnerk und sein
Baggerbüdel. Eher ratlos.

Denn Hinnerk war einfach von Bord gegangen,
obwohl er noch bis Aachen hätte weiterfahren
können, oder war Krefeld die Endstation seiner
Fahrkarte? Jedenfalls war Hinnerk das ewige
Rattern und Ruckeln leid gewesen. ‚Nu is
genuch!' hatte er sich gesagt und entschied sich
abzumustern.

Tja und so saß er denn nun da während um ihn
herum Schlips-und-Kragen-Männer herum-
wieselten, mit ernsten Gesichtern, hastig alle und
mit so 'ne Art Aktentaschen. Manche sahen,
während sie gingen, auf ihre Handys, als wenn
die ihnen den Weg zeigten.

Und zwischen all diesen Männern flitzten kleine
Japaner. Auch mit Schlips und Kragen und ebenso
geschäftig.

„Mannomann, also suutje sünd se hier nich", erkannte Hinnerk Burmeester und wusste zunächst nicht was tun. Aber dann entschloss er sich, sich dem Lavastrom der Schlips-und-Kragen-Männer anzuschließen: „Ma kiek'n, wo de an Land spölt ward."

Jedoch draußen vor dem Bahnhof verlief sich der Strom, er wurde zu lauter kleinen Rinnsalen.

Hinnerk sah sich um: „Tied för'n beeten was to eeten." Leichter gesagt als getan, denn wo ging man rein, wenn die Gaststätten solche Namen hatten wie ‚Tokio Sushi' oder ‚Daitokai' oder ‚Tempura Palast'?

Hinnerk entschlossen: „Denn man to!"

Im ‚Tokio Sushi' sah es dann aber genau so aus, wie er sich eine Gaststätte vorstellte. Tisch, Stühle, Theke. „Na, also", Hinnerk zufrieden,

Und dann kam eine kleine Japanerin, höchstens einszweiundsechzig, lange schwarze Haare, hübsche, lustige Mandelaugen – „So lütt, so jung und schon sone hübsche Deern", dachte Hinnerk – und sie sagte: „Oheiho Goseimahs*." Da war der Hinnerk aber schon verwirrt. „Oheio?" Und statt auf eine Antwort zu warten schob sie ihm eine bebilderte Speisekarte unter die Hände: „Doso!**"

*Guten Tag **Bitte!

71

Also nun aber mal langsam. Was sollte das mit ‚Oheiho‘, sah er aus wie ein Amerikaner? Und denn das ‚Doso‘? Soll das nu auf Konservenfraß hinweisen, oder was? Hinnerk jetzt eigentlich zu keiner Entscheidung fähig, zeigte – total verwirrt – auf eines der abgebildeten Gerichte.

Husch war das Mädchen weg, kam aber schnell wieder mit allerlei Fischstückchen in Reisröllchen eingepackt. Sah alles roh aus, aber weit und breit kein Kocher! Hinnerk wieder ratlos. Was das hübsche Japan-Kind wohl sah, denn es machte ihm vor, wie man diese Reisröllchen zu essen hatte: Ein bleistiftähnlicher Holzzweig rechts, ein zweiter links, zwischen Daumen, Zeige- und Mittelfinger zusammengedrückt und dann ‚mitm Reisfisch ab in de Snuut‘. So einfach.

Man muss schon sagen, dass nicht nur diese Art zu essen, dass auch der Geschmack – für Hinnerk jedenfalls – gewöhnungsbedürftig war. Obwohl er ja nu wirklich ein Mann von der Nordseeküste ist und Fische seine fast tägliche Nahrung waren, roh hatte er die noch nie gesessen.

„De Welt“, sagte sich Hinnerk, „de Welt achtern Diek hett veel gediegen Bräuche.“ Wie auch immer: Hinnerk langte zu. Waren wohl zehn Röllchen, und so fragte Hinnerk sich: „Ob de Japaner davon satt sün? – Sün drum de Japaner

all so lütt bleeven...?" Er fand dafür keine
Erklärung.

Egal. Nachdem das hübsche Kind die Rechnung
präsentiert hatte – und sich nach dem Kassieren
verbeugte mit den Worten „DomoARIGATO*",
(Alligator!, ja, sah er denn aus wie ein Krokodil?)
– brachte es in einem kleinen Holzschüsselchen
einen, wie er vermutete Schnaps. Der Rand des
kleinen Gefäß mit Salz bestreut. Hinnerk mutig:
„Ab dafür!" – Und dann: „NIE WIEDER!" Denn
so etwas Scheußliches hatte er noch nie
getrunken. Das schmeckte ja, das schmeckte ja,
das schmeckte ja nach..., ‚Mann in de Tünn, blohs
nich dran denkn'. Diese Japaner aber auch – gut
dass die damit wohl immer warten bis nach der
Bezahlung der Rechnung...

Später auf einer Parkbank in der strahlenden
Sonne, ließ Hinnerk Burmeester die vergangene
Zugreise noch mal an sich vorüberziehen.

Also, wachgeworden war er, als der Tag begann.
Mit einem schalen Geschmack im Mund, den er
mit einem kräftigen Schluck aus der mitge-
brachten Wasserflasche löschte. Und dann erstmal
die Butterbrote ausgepackt, die ‚seine', – naja –
Wiebke ihm mitgegeben hatte.

*Vielen Dank

Hinnerk hatte es sich schmecken lassen und dabei die rasende Landschaft betrachtet, die am Zug so vorbei rollte. Und rollte. Und rollte. Und nahm kein Ende. „Dörp* to Dörp, Huus to Huus, ik har nich dacht, dat Dütschland so lang is", grübelte Hinnerk.

Weil aber alles so proper aussah, war er's denn doch zufrieden, wunderte sich aber, warum sich keiner zu ihm ins Abteil gesetzt hatte. ‚Na, keen groot Malöör, se kunnt mich wohl nich riechn,' da war Hinnerk durchaus zur Selbstkritik fähig. Man riecht nämlich nicht gerade einladend, wenn man die Nacht vorher gebechert hatte. Um das mal klar zu sagen.

„Immer der Nase nach" ist auch so ein Schnack, den die Menschen gerne nutzen, wenn sie eine Wegbeschreibung abgeben. Im Fall Hinnerk Burmeester aber liegt die Sache anders: Ihn führt seine Nase immer garantiert zum Wasser. Wohin er auch kommt. Und so landete er denn jetzt zwangsläufig am Rhein. Und staunte: ‚Do is mehr loot as in Hafn vun Hamboorg!' Zwar flitzten dort, vor den Düsseldorfer Rhein-Terrassen keine Besichtigungs-Barkassen über das Wasser, aber was die Frachtschiffe betrifft, da war ein Verkehr sondergleichen.

Ob auf Bergfahrt oder Talfahrt, die einen tuckerten mühsam bergauf, die anderen sausten mit dem Fluss. Und zwischen ihnen ab und zu die weißen Schiffe der Fahrgastflotte. Hinnerk Burmeester war begeistert und setzte sich auf eine Bank um das Schauspiel der eiligen Flussfahrer zu betrachten.

Und während er da noch so sitzt und vor sich hin sinnt, da nahte sich von hinten eine seltsame Person, weil: Wer trägt schon Alltags Ringelhemd und bunte Hosen und läuft als Clown geschminkt durch gut belebte Gassen.

Na, wie auch immer, fragt doch dieser Mensch: „Do bess wohl nit vun he?"

„Nee", sagte Hinnerk

„Wo besse denn vun?"

„Ick komm ut Kleinhardingssiel", antwortete Hinnerk, worauf der Clown verwirrt fragte: „Dat es wohl nit vun he eröm? Na, wie och immer: Kanns Pitter för mich sajen."

Womit wieder einmal eine zeitweise Freundschaft geschlossen wurde. Denn plötzlich hatte der Pitter

*Dorf

Durst und lockte Hinnerk also direkt in die Altstadt und zwar zum Schlossturm. Weil, sagt er, es dort das beste Altbier gibt.

Hinnerk hatte wieder Grund zum staunen. „Altes Bier? Mir wärn frisches lieber", hatte er seinem neuen Kumpanen gesagt, worauf der mit einem Lachen antwortete: „Dat heest hier essu, dat ess scho fresch!"

Und dann kamen die Biere. In kleinen, schlanken Gläsern, die man woanders eher zum Zähneputzen benutzt, wie Hinnerk wortlos für sich anmerkte.

Freund Pitter lehrte denn auch das Gläschen ‚Alt‘ auf einen Zug und – hast du nicht gesehen – kam vom Köbes* ein neues volles Gläschen und noch ein neues, volles und noch ein neues volles und... tja, es wurde dann mal wieder ein richtig netter Nachmittag. In dessen Verlauf Hinnerk auch erfuhr, dass Pitter Mitglied einer Karnevalsgesellschaft ist. Darum dieser Aufzug, denn er kam gerade von einer – wie er sagte – Sitzung.

Was? SITZUNG?!

Hinnerk stellte sich vor, einer würde daheim in Tönning bei einer Sitzung des Sparkassen Vorstands derart gekleidet erscheinen. Sie würden dann wohl eher einen Krankenwagen rufen: Ab in die Anstalt oder so. „Na ja", sagte sich Hinnerk: „Anner Länner, anner Sittn."

Pitter jedenfalls war gut vernetzt in der Bürgerschaft und konnte darum seinen neuen Freund Hinnerk in einer kleinen Pension in der Bolkerstrasse unterbringen. Jedoch der Weg da hin war voller Hindernisse,

Denn als sie vor der Tür ihrer Altbier-Tanke standen, war kaum ein Durchkommen durch die Massen der dort stehenden Schlips-und-Kragen-Menschen, die mit Gläsern in der Hand Bänke, runde Tische und auch jeden Fußweg der Altstadt bevölkerten. Eine dunkle Masse, aufgelockert durch kleine Japaner, die versuchten ihre Steh-plätze zu verteidigen. „Mann", sagte Hinnerk.

„Dat ess nit schlemm", meinte Pitter‚‚su ess et he wenn de Sun fott ess. De Lück** bruchn jet för z‘drinke."

Hinnerk hatte genug. Voll des seltsamen alten Bieres sank er in die Kissen, vom Gesäusel und Gemurmel von der Straße in den Schlaf gebracht: ‚As wie in ehm Bienenstock,‘ Es war eine eigentlich erholsame Nacht, wenn er nicht nur so oft raus gemusst hätte – na, Sie wissen schon…

*Kellner **Leute

Die nächsten Tage nutzte Hinnerk seine neue
Stadt, Düsseldorf also, zu erkunden. Natürlich
zuerst die Altstadt, wo er sich furchtlos ‚mitmang
de Schlips-und-Kragn-Lüüd' stellte, dort auch
Bier und Wein trank und ihren seltsamen
Gesprächen lauschte, in denen es um Investment,
Dividenden, Derivate, Anlagen ging.

Einmal nahm er sich ein Herz und mischte sich
ein, in eine Unterhaltung, indem er fragte, was
sich hinter all diesen Ausdrücken denn verbergen
würde.

„Mein lieber junger Freund", sagte da ein seriöser
Herr, stahlgraues Haar, ein ebenso stahlgrauer
Schnurrbart, na, wie man ihn so kennt aus der
Cognac-Werbung. „Junger Freund, das müssen
sie auch gar nicht wissen, das sind nun einmal die
Fachbegriffe, mit denen wir hier arbeiten. Um
Ihnen ein genaues Bild zu geben: Düsseldorf ist
nämlich der Schreibtisch des Ruhrgebiets, wie
man so sagt..."

Hinnerk fand das nett, wie sich der seriöse Herr
bemühte, ihm ‚ein Bild zu geben'. Überhaupt:
Die Männer, ja es waren eigentlich immer nur
Männer, nahmen ihn ganz freundlich auf, ja
manchmal hatte er sogar den Eindruck sie würden
ihm gern mal übers Haar streichen oder nett auf
die Schulter klopfen – wie man das so tut, wenn

man einen netten Baby oder süßem Hund begegnet. Aber nun passte er in seiner Latzhose ja auch nicht unbedingt in ihre Gesellschaft.

Sie sahen in Hinnerk Burmeester wohl irgendwie eine exotische Erscheinung – so, wie er sie alle für einen sehr eigentümlichen Volksstamm hielt. Vor allem, wenn der Abend fortgeschritten war und sich die feinen Herren dann umarmten, irgendwie irgendwas nuschelten, manche auch mit Tränen in den Augen. Und dann nach dem Kellner riefen, „Komm jetzt müssen wir aber noch einen zusammen trinken..."

Nicht, dass Hinnerk nicht wusste, wie besoffene Männer sich aufführen, aber dass auch solche mit Schlips-und-Kragen keine Grenzen kannten... Also in Tönning ist ihm das noch nie begegnet. Dort ging jeder nach hause, wenn er genug hatte. Na, ja...

Irgendwann landete Hinnerk auch auf der Kö. „Muss schon 'n seltsamer Menschenschlach sein, der sogar mit den Buchsstaben geizt", wunderte er sich. Denn eigentlich hieß die Straße ‚Königsallee'. Und war eigentlich auch ganz hübsch, so mit den Bäumen, den feinen Geschäften und dem schmalen Wasser dazwischen.

Am meisten fasziniert aber war Hinnerk von den Frauen, die sich dort präsentierten. „Mann, dat sün Utsichten..." Selbst die jungen Dinger waren picobello angezogen, sogar ihre Jeans waren sauber und hatten Verzierungen an Stellen, „dat glövst du nich – direkt am Achtersteven!" Auf dem Po nämlich.

Und was die älteren Frauen betrifft, also da sagt man wohl besser Damen, was also die Damen betrifft, die waren ja nun der Gipfel. Schicke Kleider, meistens teure Kostüme, manchmal auch freche Hüte. Sie bevölkerten die vielen Straßencafes und tranken so seltsame Getränke wie Kaffee Maschinato.

Und dann dazwischen natürlich die vielen kleinen Japanerinnen, eine süßer als die andere, grad so als wären sie aus der Operette – oder war's doch eine Oper? – egal, als wären sie ‚ut düsse Buttafleih‘ gekommen.

Hinnerk Burmeester konnte sich nicht sattsehen. War natürlich auch in den Straßencafes gewesen und hatte sich mit Kaffee vollgedröselt. War wohl dann doch ‚'n beeten veel‘ gewesen. Darum machte er sich dann auf in vertrautere Gefilde: Hinunter zum Rhein. Damit der Kopf wieder frei wurde.

Doch kaum sass er da auf seiner Bank, als ihm plötzlich einer auf die Schulter haute: Freund Pitter: „Joht, dat ich dich treff, Jong", sagte der, und hatte so gar keine Ähnlichkeit mit dem Clown von vor'n paar Tagen. Richtig manierlich war er daher gekommen. Aber irgendwie traurig. So jedenfalls schien es Hinnerk. Und richtig. Da brach es aus dem Pitter raus: „Dat ess keen Stadt för mich, dat issen Horror. Und nix für z'laache."

Und dann plötzlich stand der Pitter, mitten auf der Rheinterrasse vor Hinnerks Bank und sang aus voller Kehle:

„Wenn ich su an ming Heimat denke/
Un sih d'r Dom su vor mer ston/
mööch ich derek op Heim an schwenke/
Ich mööch z'Foss na Kölle jon"

Da war der Hinnerk gerührt, denn soviel hatte er wohl verstanden. Der Pitter fühlte sich in Düsseldorf nicht wohl, er hatte Heimweh, nach irgendwas wie Kölle und wollte sogar zu Fuß dahin.

„Kumm' Pitter", sagte Hinnerk, „Dorop schall dat nu nich in Dutt* gehn. Ick wander ja nu ook gern. Also, wenn du wüllst, dann gah ick mit. Aber segg mol, düsse Kölle is dat egen wiet..?"

*kaputt

Die vierte Etappe

Jet för z'lache
und
nix för z'drinke

Jet för z'lache
und
nix för z'drinke

Natürlich sind sie dann andern Tags doch nicht zu
Fuß nach Köln marschiert. Sie entschieden sich
die Bahn zu nehmen. Aber damit begann dann
auch sogleich der Ärger. Kaum auf dem Bahnsteig, sahen sie den Zug entschwinden.
„Do leeven Schreck, menge Zooch na Nühs es
wech. So'ne Driss*!" zeterte Pitter, was für
Hinnerk natürlich übersetzt werden musste: „Oh
Schreck, der Zug nach Neuss ist fort."

„Neuss?" fragte Hinnerk. „Joh", so der Pitter", no
Kölle jeht dat över Nühs." Womit das nun geklärt
war. Aber was anfangen mit der Zeit zwischen
zwei Zügen – der nächste kam ja erst 'ne halv
Stund' später.

Der Pitter lud zum Vesper ins Bahnhofsrestaurant
und hatte dann den nächsten Zornesanfall: "Ich
kann mer doch keh Jehlt us de Rippe errus
schnicke**!" Schrie er durchs Lokal, griff sich
seinen Rollkoffer und zerrte Hinnerk, dem
diesmal die Übersetzung erspart blieb, samt
Baggerbüdel zum Ausgang. Denn: Mal eben
knappe zwölf hingeblättert für eine Bockwurst

*Dreck **aus den Rippen schneiden

84

mit Salat, das schien ihm denn doch Wucher zu sein.

So landeten sie denn im Backshop der Station und stärkten sich mit einer Schnecke samt einer „Tass Kaff."

Im Zug nach Köln wurde es dann doch noch ganz gemütlich. Der Pitter, übrigens Schmitz mit Nachnamen, also von feinster rheinischer Herkunft, machte den Erklärer.

„Eijendlich sin mer all Römer", so Pitter „denn vor ehne paar dusend Johr es ehn römisch Prinzess zom Rhing* jezogen,wo da noch gohr keh Stadt wor, se hett Kölle jejründt, daruss es dann Colonia Agrippinensis jeworde" Was wieder eine Übersetzung erforderlich machte: „Kolonie der Agrippina."

Pitter: „Un vun ihre Centurions, oder wie die damols geheissen ham, ihre Soldaten also, sin üsre Vorfahren. Also sin mer all Römer."

Und, weil es ihm doch wohl wichtig war, fuhr der Pitter nun in feinstem Köllschen Hochdeutsch fort: „Un doher es üs Temperament, dat Füer in üs. Und nu pass op: Mer sin ooch noch Franzos. Nimm mal de Kiki Wadderköttel, deren Ur-Opa hiess noch Klemensoh *(Clemenceau geschrieben, damit sich die des Französischen Kundigen nicht grämen. Die Redaktion).* Un minge Fründ, dä Scheng Stüssekopp hätt sine Vornam ooch us der Franzosenziek, Scheng schrifft ma nämlich J-e-a-n. Doher es üs Leidenschaft. Ich sach ja, mir sin ejhn janz scharf Mischung!"

„Do sehst dat an onsre Fraun", Pitter setzte seine Heimatkunde fort, „da jibt et sogor Liedscher fun. Zum Beispiel: Un sollt ich im Leben ein Mädel mal frein, dann muss es am Rhein nur jeboren sein. Da frächt man sich natürlich: Warum? Und bekommt als Antwort disses Liedsche: Köllsche Mädcher künne bütze! Dat hest übersetz: Kölnische Mädchen können küssen. Und da isses dann widder: Temperament un Leidenschaft!"

Hinnerk Burmeester war völlig fertig. Das war nun doch ein bisschen viel gewesen für den Jung aus Kleinhardingssiel. Sein Kopf fühlte sich an wie ein Fehding bei Springflut.

Fehding, muss man wissen, ist der kleine Teich, der neben dem Wohnhaus auf der Warft einer Hallig platziert ist, in dem Regenwasser gesammelt wird und wo, bei Springflut, das Nordseewasser über den kleinen Hausdeich schwappt und so im Fehding für Verwirrung sorgt. Muss man eigentlich nicht wissen, aber wo es nun mal in der Welt ist...

*Rhein

Der Hinnerk jedenfalls machte jetzt ein richtiges Schafsgesicht. Was Pitter natürlich registrierte. Und weil er den Nordmenschen in sein Herz geschlossen hatte – wo findet man schon mal einen Fremden, der sich mir nichts dir nichts bereit erklärt, zusammen ‚z'Foos noh Kölle' zu marschieren – weil der Pitter den Hinnerk also mochte, darum sagte er jetzt: „Leev Jong, ich weiß wat du jetzt bruchst: Ne ordentliche Fröhstöck."

Und so kam es, dass Pitter mit Rollkoffer und Hinnerk mit Baggerbüdel im Lokals der Familie Früh landeten – was, ja schon wegen der Tageszeit ganz passend war.

„Los mer ehns jücke", sagte der Pitter und bestellte beim Köbes zwei Kölsch, die dann in diesen kleinen Gläsern, wie in Düsseldorf, auf dem Tisch landeten. Gut, es waren nicht dieselben Gläser, noch nicht einmal die gleichen, denn sie waren etwas breiter und nicht so hoch, obwohl auch sie sich gut zum Zähneputzen geeignet hätten. Na, sei's drum.

„Und was möchten Sie essen?" fragte höflich der Köbes.

„Wat könnt Se uns denn anbeden?" war Hinnerks Gegenfrage.

„Nun ja", jetzt wieder der Köbes, „da hätten wir nen halven Hahn, oder ein Röggelchen mit Flönz. Zujezogene sajen auch Blotwosch!"

Ganz klar, dass sich Hinnerk Burmeester für den halben Hahn entschied. Und ganz klar auch, dass er entsetzt protestierte, als sich herausstellte, dass besagtes Gericht nur aus einer Scheibe Käse, etwas Butter und einem zwergenhaften Rundssstück bestand ('wie grad vor der Pubertät', schrieb Hinnerk später in sein Reisebuch).

Sein lauter Protest wurde natürlich auch von den anderen Gästen im Lokal wahrgenommen, die sich nun aufs köstlichste lärmend amüsierten, grad dass sie nicht auf den Tischen tanzten: „Dat essene Immi!" Was übersetzt heißt: Sieh da ein Fremder.

„Aha", so Hinnerk in Gedanken, „dat also is düsse scharp Mischung ut Temperament un Leidenschaft. Na denn man Prost!" Was auch nicht schwierig war, denn wie von Geisterhand stand dann plötzlich wieder ein Glas Kölsch vor ihm auf dem Tisch. Und dann noch eins und noch eins... Und Hinnerk wusste da noch gar nicht, wo er denn übernachten sollte.

„Kanns maal sehn", sinnierte Hinnerk, als plötzlich ein junges Ding, bunt geschminkt zur

Tür hereinturnte, sich zu Hinnerk auf die Bank schwang, ihm einen dicken Kuss auf die rechte Wange schmatzte, dann von der Bank herunter rutsche und mit mit schwingenden Armen wieder hinaus schwebte. Da war es für Hinnerk nun ganz klar: Diese Stadt ist voll von total verrückten Menschen.

Freund Pitter Schmitz hatte Hinnerk Burmeester in einer kleinen Pension am Rhein untergebracht. Sein Einzug dort geriet zu einem Triumphzug. Denn alle Gäste aus dem Restaurant der Familie Früh ließen es sich nicht nehmen Hinnerk in sein neues Zuhause zu begleiten. Und zwar singend. Da war dann die Rede vom Vater Rhein in seinem Bett, auch wurde ein treuer Husar besungen oder dass sie irgendwo in einer Gasse zur Schule gegangen seien.

Und weil's doch so schön gesungen war, schlossen sich immer mehr Menschen dem Umzug an. Hinnerk war gerührt. Aber, um das einzugestehen, er war auch richtig schön duhn. Oder anders: Er hatte die richtige Bettschwere. Dennoch gelang es ihm sich noch höflich von seinen vielen Begleitern zu verabschieden.

Die schwenkten ihre Mützchen und Hüte und machten sich auf den Weg in eine neue Gaststätte, denn nun hiess ihr Lied „Die Karawane zieht weiter, der Sultan hat Durst."

Es muss anderntags wieder gegen Abend gewesen sein, als Hinnerk Burmeester aus seinem kleinen Zimmer im Frühstücksraum der Pension erschien. Da war natürlich von Frühstück nichts mehr zu sehen, machte aber auch nichts, denn dort wartete Freund Pitter bereits.

„Wie issett dir? Issett dir juht?" Und als Hinnerk nickte umarmte er ihn und verkündete: „Leeven Jong, wat hesse förn Jlück" Dann setzte er ihm eine bunte Papiermütze auf, „denn wie du wohl schon vermutet hast, sin mer jetz voll inner Session."

Nun sag das mal einem Menschen aus Kleinhardingssiel und erwarte Verständnis. Zumal, wenn der plötzlich eine bunte Papiermütze auf dem Kopf trägt. Pitter bemerkte, dass jetzt wieder eine Erklärung nötig war. Und also: „Wat wir jetzt in Kölle feiern dat is dat vaterstädtische Fest. Dat ist dä Karneval. Da sin mer all fröhlich!"

Und da fiel es Hinnerk dann auch auf, dass ,Fründ Pitter' wieder seine Clownsmaske angelegt hatte: „Hück jehn mer auf ehne Fastovendssitzung!"

Und damit überreichte er dem Hinnerk auch noch eine schöne, große, rote Pappnase.

Man muss schon sagen, dass sich der Pitter Schmitz die größte Mühe gab, seinen Neu-Freund in die Feinheiten rheinischen Frohsinns einzuführen. Bereits auf dem Weg zum Karnevalsvergnügen gab es erste Verhaltensregeln: „Mach ejhnfach all dat, wat die anneren machn, dann machste nix falsch! Wenn also alle am schunkele sin, dann schunkelste auch. Wenn alle aufstehen und Alaaf rufen, dann stehst du auch auf."

Und so fand sich Hinnerk wieder auf einer Sitzbank zwischen einer als Sonne verkleideten Blondine und einem schmerbäuchigen Schornsteinfeger. Vor sich ein Weinhumpen, eine Flasche Nierheimer Goldtröpfchen. Und dann immer Prost und hoch die Tassen.

Um ehrlich zu sein: Hinnerk verstand kaum ein Wort von dem was da auf der Bühne vor ihm erzählt und gesungen wurde., War aber auch egal. Zwischendrin mussten alle aufstehen, „Alaaf!" rufen und mit dem Armen wedeln.

Gut gefiel ihm das Lied in dem es heisst: „Stehe nicht so herum, sondern trink noch einen mit." Das war zwar auf Kölsch gesungen, aber das hatte Hinnerk doch sehr gut verstanden.

Ebenso die Sache mit dem Kölner Dom. Da zeigte sich der Bürgerstolz auf der Bühne, als die Sänger ihren Protest vortrugen: „Mer losse dr Dom in Kölle, denn do jehört er hin." Dass solche Anliegen sogar während einer Karnevals- veranstaltung vorgetragen werden, beeindruckte Hinnerk aufs größte. Obwohl: Er hatte bislang überhaupt nicht gehört, dass ein Umzug der Kirche geplant war, oder gar ein Verkauf? Hatte er da etwas in den Nachrichten überhört?

Denn er erinnerte sich an eine Geschichte die man sich gerne an Malte Harms Stammtisch erzählte. Dass nämlich in den 70ger Jahren die steinerne London Bridge in die USA verkauft worden war, wo sie als Zierstück einen See schmücken sollte. Man hatte damals die Brücke Stück um Stück abgetragen, dann die Teile nummeriert und sie schliesslich in einem Landstück zwischen Arizona und Kalifornien wieder originalgetreu aufgebaut. Sollte soetwas nun auch dem Kölner Dom passieren? Hinnerk nahm sich vor, seinen Freund Pitter danach zu fragen.

Höhepunkt der Veranstaltung aber war wohl der Einzug eines sogenannten Dreigestirns. Jedenfalls waren plötzlich alle Anwesenden wie aus dem Häuschen. Und Freund Pitter, der ihm ihm gegen- über sass, war sogar auf die Bank gesprungen, mit lautem „Alaaf!" und „Alaaf!", dabei die Arme immer wieder in die Luft werfend.

„Dreigestirn?" fragte Hinnerk seinen Schornsteinfeger-Nachbarn. „Wieso Gestirn?"

„Dat essesu, weil dat sin die drei hellsten Sterne des Fastelovends!"

„Sowas wie Filmsterne, Filmstars?" Hinnerk wieder.

Darauf der Schornsteinfeger: „Jo und darauf losse uns wat drinke!" Hob sein Glas und auch Hinnerk tat einen grossen Schluck.

Wunderte sich aber, denn soweit er das durch die Menschenmenge erkennen konnte, handelte es sich bei dem Dreigestirn um drei eher ältere und wohl auch eher, sagen wir mal, umfangreiche Menschen. Also, so im Sinne von Filmstars, schienen ihm die nicht geraten.

Wie auch immer. Sie wurden jedenfalls von einer Soldatenabteilung begleitet, die in schmucken weißen Uniformen rings um die drei Aufstellung genommen hatten. „Wie ne Leibwache", so Hinnerk zu sich.

Aber im Grunde hatte er nichts gegen diese Art von Wehrmacht. Ähnliche Abordnungen, in blauen und roten Uniformen, waren schon vorher durchgekommen und hatten sich auf der Bühne durch Tanzdarbietungen Beifall erarbeitet. Hinnerk hatte das gefallen.

Nun also das Dreigestirn. Pitter war kaum wieder zu erkennen, der umarmte sogar seine beiden Nachbarn rechts und links und rief Hinnerk zu: „Sühst do den Bauern, datt es minge Fründ der Scheng Stüssekopp!" Und weil Hinnerk wieder sein Schafsgesicht aufgesetzt hatte: „Der Bauer, das ist der mit dem hohen, weißen Pelzhelm, der einen Dreschflegel trägt!"

„Prost!" rief Hinnerk und dann auch gleich noch „Alaaf!" was ihm einen freundlichen Klapps auf die Schulter vom Schornsteinfeger eintrug.

Und während sich die drei auf der Bühne leutselig gaben, besah sich Hinnerk die Prinzessin etwas ausgiebiger. Also eine Schönheit sieht anders aus, so Hinnerks Meinung. Und darum fragte er seinen Schornsteinfeger-Nachbarn: „Wieso hebben se eigentlich so ne alte Schattulle als Prinzessin, hier geev dat doch, wie man süht, ook veel seute Deerns..."

Da bekam der Schornsteinfeger-Nachbarn einen Lachanfall. „Jong, Jong, do bess wat joht, ne Mädscher, ne, ne, ne!" Und dabei traten ihm die Tränen aus den Augen.

„Ne, ich muss mich setzen!" prustete er und zog dann Hinnerk neben sich auf die Bank. „Dat es nämlich essu: Dat Prinzess ist kehn Prinzessin. Se ist die kölsche Jungfrau. – Prost! – Aber sie ist auch keine Jungfrau, sondern sie ist ein Mann! – Prost!"

Weitere Erklärungen schienen ihm nicht notwendig. Und im Jubel um ihn herum mochte Hinnerk auch nicht nachfragen. So blieb ihm dann nur eines: „Prost!" Und wieder tat Hinnerk einen großen Schluck. „Total verrückt", Hinnerk nahm das aber nun als gegeben hin.

Ab und zu hackten sich die Sonne und der Schornsteinfeger bei ihm ein und schunkelten heftig. Und ab und zu auch umarmte ihn die Sonne und tat das, was der Pitter als bützen beschrieben hatte: Schmatz und Schmatz.

Das, so muss man wissen, verwirrte Hinnerk Burmeester besonders. Denn er kommt aus einem Land, wo Ordnung herrscht und wo derartige frivole Ausschweifungen noch nicht einmal zu Sylvester geduldet werden. Wenn da einer besoffen ist, dann fällt der unter den Tisch und dann hat sich das. Aber so, mit Schunkeln und Bützchen...

Was Hinnerk noch besonders störte war die Kapelle, die nach allerlei Geschwätz auf der Bühne heftig in die Tröten blies: „TRARA" und „TRARA" und „TRARA", das fegte einem ja die Ohren vom Kopf.

Wie er später nach hause gekommen war, war ihm nicht mehr bewusst. Er weiß nur, dass eine Bande, ja so muss man es wohl nennen, dass eine Bande von losgelassenen, enthemmten Weibern, Jagd auf ihn machte, weil eine von ihnen, nach dem sie seiner ansichtig geworden war, immer wieder rief: „Ne, watt isser süß!"

Über diese Geschmacksrichtung kann man natürlich streiten, aber, dass er stattlich aussah in seiner Latzhose mit dem blaugestreiften Hemd und darüber dann der blonde Zopf – friesisch herb sozusagen – klar, dass Mädchen so einen gerne ansehen.

Mit schwankend sicherem Laufschritt aber war er ihnen entkommen. Und hatte sich verbarrikadiert hinter der sicheren Hoteltüre, während die Mädchengang draußen krakelte: „Kumm erruss, mer wolle bütze!"

„Vaterstädtisches Fest also", Hinnerk wähnte sich im Sündenpfuhl.

Er kam erst am nächsten Mittag wieder zur Ruhe, als er die Schiffe auf dem Rhein betrachten konnte. Die, welche sich schnaufend auf der Bergfahrt befanden und jene, die talwärts an ihm vorbei flitzten. Zuvor aber hatte er sich den Vorwürfen des Concierges zu stellen, der ihm sagte: „Verehrter Herr Burmeester, bitte lassen Sie sich das nächste Mal nicht von Ihren Freundinnen bis vor die Tür bringen. Andere Gäste haben sich beschwert!"

„Wenn ick dat to huus vertell, glövt mi dat keen As", wusste Hinnerk.

Hinnerk Burmeester hatte sich über den Deich getraut, weil er wissen wollte, wie die Welt dort, also ‚achtern utsieht'. Und darum sah er sich nun um in Köln, ehe er sich bemühte eine Arbeit zu finden. Sie wissen schon: Der Reisekasse wegen, Speis und Trank und so.

Hinnerk also nun auf Besichtigungstour. Natürlich zuerst ins Museum um das von Freund Pitter empfohlene Dionysos Mosaik zu bestaunen. Ist ja auch ein Prachtstück, ‚wor wohl mool statt'n Teppich', vermutete er. Und toll auch, dass die Römer damals in der Unterwelt wohnten.

Jedenfalls muss man in den Keller, wenn man sehen will, wie die einst lebten. Kann man aber auch zum Teil von oben sehen: Da haben die so kleine Glasdächer, durch die man gucken kann.

Und bei dieser Gelegenheit kam Hinnerk Burmeester auch an einem Haus vorbei, in dem Kölnisch Wasser angeboten wurde. „Möht man eigentlich ook mol probiern", sagte er sich und erstand ein kleines Fläschchen.

„Sagen Sie Fräulein, gibt's dazu kein Glas? Ich mein, so zum probieren?"

Die junge Verkäuferin entsetzt: „Liebelein, dat Fläschelschen ess nix för z'drinke, dat ess jet för z'riesche!" Und hielt ihm ein mit Kölnisch Wasser getränktes Taschentuch unter die Nase.

Da suchte Hinnerk Burmeester das Weite. Nix mit Liebelein...

„Nooch is nooch!" sagte er sich. Nicht nur, dass sie eine Scheibe Käse für ein Hühnchen ausgeben, nicht nur, dass es dort wohl Leute gibt, die den Dom verschieben wollen, wohin auch immer – wogegen sich ja nun aber eine Bürgerinitiative zu wehren beginnt – nicht nur dass die römisch-französischen Weiber Jagd auf fremde Männer machen, nicht nur dass sie einen alten Mann zur Jungfrau machen, nun haben sie auch noch ein ‚Wasser', das man nicht trinken kann.

„Disse Ssstadt is to mallerig*! Nix as wech!" so Hinnerk. Der stracks zum Hotel lief, Gottlob war der Baggerbüdel noch nicht ausgepackt, schnell noch eine nette Karte an Freund Pitter Schmitz geschrieben und dann ab zum Bahnhof.

„Ja, bitte?" fragte der Beamten am Schalter.

Hinnerk: „Ick mutt hier ruut! Und up't best ganz wiet wech!"

„Jawohl", sagte der Beamte verständnisvoll, dem schon mehrere Karnevalsopfer erschienen waren, „da hätten wir zum Beispiel einen Zug nach Hamburg. – Nein? – Gut hier haben wir noch einen nach Süden, nach München zum Beispiel. Abfahrt um 20.35 von Bahnsteig 5a. In München gibt es dann Anschluss nach Wien oder Verona..."

Für Hinnerk schien das weit genug. Er nahm den Fahrschein und dann nichts wie rauf zum Bahnsteig. Nur fort aus diesem verrückten Ort.

„Und denn gibt das Leute, die wollen dahin sogar zu Fuss", Hinnerk schüttelte den Kopf.

*verrückt

Die fünfte Etappe

Da wo
Deutschland
zu ende ist

Wo's um
Nackerte
und ums
Diridari geht

Berge
bannig
hoch

Da wo
Deutschland
zu ende ist

Im Bahnhof zu München wurde es Hinnerk ganz
klar vor Augen geführt: Hier war Deutschland zu
ende. Die Züge konnten zwar hereinfahren in den
Bahnhof, aber weiter fahren konnten sie nicht.
Bis hier her und nicht weiter. Endstation! Wer aus
Deutschland mit dem Zug wieder heraus wollte
musste rückwärts aus dem Bahnhof.

„Na, wenn dat nich weder geiht, denn will ick mi
her mol umsehn", sagte sich Hinnerk, obwohl:
Das hatte er ja sowieso vor gehabt.

Hinnerk also im Münchner Hauptbahnhof. Wo
ihm ein Mann in Eisenbahner-Uniform über den
Weg lief, den er freundlich – „Entschuldigung,
Herr Nachbar!" – nach einer preisgünstigen
Unterkunft befragte.

Da war er offensichtlich an die richtige Adresse
gelangt, denn der Mann überlegte nicht lange:
„Gehst du hier Straße, dann linke kleine Straße,
siehst du schon Schild, wo steht Pension
Vukovics, gehst du rein, sagst Gries von Igor,
Kriegst du Zimmer."

Hinnerk tat wie ihm geheißen, auf dem Weg dahin erfreute ihn der azurblaue Himmel, auf dem kleine weiße Wölkchen schwebten, und von dem ein feiner, sanfter, warmer Wind ihn umschmeichelte.

Dann bei Jelena Vukovics, verwitwete Radenkovic – die ihren vorehelichen Namen wieder angenommen hatte, ‚weil is leichta fir Leite' – die ihm ein nettes kleines Zimmer zeigte, zu einem annehmbaren Preis. Hinnerk war's zufrieden.

„Mächten se met Friehstick?" hatte Jelena Vukovics ihn noch gefragt, und ihm den kleinen Aufpreis genannt. Hinnerk hatte zugestimmt. Und sich insgeheim doch sehr gewundert über die Sprache dieser Bayern. Man hatte ihm zwar vorher schon erzählt, dass die Bayern ein ganz eigener Völkerstamm seien, aber dass sie eine Grammatik so ganz außerhalb des zivilisierten Deutsch nutzen verdutzte ihn doch sehr.

„Egaal, nu man zuerst zum Tempel aller Bayern", freute sich Hinnerk Burmeester, nachdem er seinen Baggerbüdel ausgepackt hatte, und folgte der Straßenkarte, auf die ihm Jelena Vukovics den Weg dahin eingezeichnet hatte. Das Hofbräuhaus war angesagt.

„Wuist a Bier?" fragte dort die Kellnerin, und schob ihm, ohne die Antwort abzuwarten einen Glaseimer voll goldgelben Bieres über den Tisch.

„Nee, dat kann doch nich woor sien", Hinnerk zu sich, „Soveel kann doch een Einzelner gornich drinkn!"

Na gut, Eimer ist wohl etwas übertrieben, aber das Gefäß hatte die Größe wie jene Vase, die sie in Tönnings Kirche immer zum Erntedankfest nutzten, um darin die Feldfrüchte, zum Strauß, gebunden zu präsentieren.

Doch während er noch darüber grübelte, da hoben schon die Mitgäste von rechts und links ihre Mass und sagten „Prost, z'samme!" Und taten einen großen Schluck. Was blieb Hinnerk anderes übrig als es ihnen gleich zutun.

Und dann erschien schon wieder die Kellnerin. Übrigens eine gewisse Traudl Schneizlkreuther, die einst zu einer lokalen Berühmtheit wurde, weil sie auf der Wies'n zwölf Masskrüge zugleich hatte stemmen können. Aber das jetzt hier zu vertiefen hätte Hinnerk Burmeester gewiss überfordert. Also lassen wir das erst einmal.

Nun also Traudl, die Kellnerin: „Moags a woas essa? Mia hättn do a sauguatn,

reschn* Schwoinsbratn met Blaukraut
un Knedl?"

Hinnerk, verzweifelt: „Ooch, ick hevv, habe, keen
Wort mitgekricht. Könnt Se dat wohl no Mohl auf
Hochdütsch seggn? Ick mejn auf HOCHdeutsch..."

Ja, da hätte man mal die Männer rechts und links
sehen müssen, wie die sich amüsierten. „Hochdeutsch!" riefen sie einander zu, schlugen sich
auf die Schenkel und krümmten sich vor Lachen.

„Sag amoi wo kimmst'n du her? – Oh,
Entschuldigung: Wo kommen sie denn her?" Und
wieder lachten alle. Übrigens auch die Traudl.

Hinnerk, dem das alles etwas peinlich war: „Ja,
denn bring se mir das man mal!" Und als es dann
vor ihm stand, da war er regelrecht erleichtert. Ja,
das konnte man schon essen: Schweinebraten mit
Rotkohl und Klössen. Hinnerk langte zu.

Der Nachbar zur Rechten, besah sich den
seltsamen Gast: „An Guatn**!" rief er ihm zu und:
„I bin der Maxl und da bin I dahoam!!"

Und dann leutselig: „I woas scho, des ihr Leits
Probleme habts mit unserer Sproachn, aba I soags
dir: Boarisch is eigentlich ganz einfach. Es ist

*knusprig **guten Appetit

nämlich wirklich Hochdeutsch, es hört sich nur anders an. Hoast mi?"

Doch ehe der Maxl das vertiefen konnte, lärmten die anderen Stammgäste, denn sie wollten dem Hinnerk unbedingt ein Lied beibringen: „Kimm her, Bua, jetza singn ma woas z'samma!" Und damit stimmten sie das schöne Lied von Hofbräuhaus an, das da geht: „In München steht ein Hofbräuhaus, oans, zwoa, g'suffa!" Und beim „G'suffa!" hatten alle ihr Krüge zu heben und daraus einen tiefen Schluck zu tun.

Das Lied hat bekanntlich viele Strophen und Hinnerk war sehr lernwillig. Und so verwundert es wohl nicht besonders, dass er dann bald bei seiner dritten Maß angekommen war. So wurde es dann doch ein schöner Nachmittag, oder war's dann doch schon Abend?

Es war wohl schon etwas nach Zehn, als Hinnerk Burmeester aus dem Bett gekommen, im Früh-stücksraum der Pension Vukovics erschien. Tadelnd empfing ihn die Chefin Jelena Vukovics: „Was spät fir Friehstick", aber brachte ihm dann doch noch einen heißen Kaffee und ein Rundsssstück mit Butter und Marmelade.

Der Zufall wollte es, dass an diesem Vormittag auch der Igor bei Jelena zu Besuch war. Wir erinnern uns: Igor, der Eisenbahner, der übrigens den ungewöhnlichen Nachnamen Spiehaschvili trägt, was zur Folge hatte, dass ihn nun alle Welt nur noch Willi ruft, doch wir wollen nicht ablenken, Igor also war dort zu Besuch und begrüßte Hinnerk wie einen alten Freund: „Na, scheenes Zimma? Ja, Jelena gut leben."

Das war der Beginn einer netten Unterhaltung. Um es kurz zu machen: Igor hatte eine Idee, wie sich der Hinnerk bewerben könnte, weil der sich doch – wie wir nun ja auch schon längst wissen – immer um eine kleine Einnahmequelle bemühte, wegen der Reisekosten und so.

Igor, oder besser nunmehr Willi, empfahl Hinnerks sich bei Seppi Krautschneider zu melden, der nämlich hatte mehrere Lokale in München, darunter auch eines mit norddeutschem Flair namens ‚Kajüte', wo sich der Willi den Hinnerk gut als Bedienung vorstellen konnte, schließlich hätte der doch den richtige friesischen Look, sozusagen: Gross, breites Kreuz, blondes Haar, blaue Augen. Dazu dann noch das blaugestreifte Schauermannshemd und die Latzhose. Hamburg ahoi – wenigsten!

Hinnerk Burmeester war von Igor-Willi dann doch sehr beeindruckt. Denn der hatte nicht nur die „Kajüte" von Seppi Krautschneider im

Angebot, er wusste auch von einer freien Stelle in der Gepäckaufbewahrung – "Kannst du lesen? Kannst du schreiben? Kannst du machen!" – oder eine im gegenüber liegenden Hotel, das den schönen Titel ‚Zum goldenen Stiefel' trägt und wo ein Hausknecht gesucht wurde: „Kriegst du griene Schirtze!"

Na gut, als Eisenbahner kommt man ja natürlich auch weit rum, aber das heißt ja nicht, dass man damit auch zu einer Art Arbeitsvermittler wird. Hinnerk Burmeester gab Igor-Willi denn auch mit Freuden einen aus. Einen Slibowitz oder so.

Was nun den Besuch bei Seppi Krautschneider betrifft, so war der gleich von Hinnerks Erscheinung begeistert. „Und wann können Sie anfangen? Am besten sofort!"

Und so fand sich Hinnerk Burmeester bereits an seinem zweiten Münchner Abend in Lohn und Brot. Er wurde hinter der Theke platziert und war zuständig für ‚das norddeutsche Flair', was die Besucher des Nachtclubs schon aufgrund des Namens ‚Kajüte' ja auch erwarteten.

Es dauerte nicht lange, da war unser Hinnerk schon so etwas wie eine Berühmtheit unter den Stammgästen, denn seine Krabbenbrote – auf geröstetem Schwarzbrot mit Rührei – waren einer

der Renner, genauso wie sein ‚Pharisäer' – ein
starker Mokka, ergänzt mit einem kräftigen
Schuss Rum, darauf ein fetter Klecks Schlag-
sahne, darüber dann gemahlenes Kaffeepulver:
‚Hinnerks bester' – die Kunden und Seppi
Krautschneider waren's zufrieden.

Derart von allen finanziellen Sorgen befreit,
konnte sich Hinnerk Burmeester nun in München
und Umgebung ausführlich umsehen. Denn
tagsüber hatte er ja frei.

Einer seiner ersten Wege führte ihn zur
berühmten – wie jedenfalls die Münchner sagen
– Frauenkirche. Die ein Zeichen dafür war und
ist, dass es sich bei München um eine besonders
reiche Stadt handelt. Denn Hinnerk fiel auf die
Schnelle keine zweite Kirche ein, die über zwei
Kirchtürme verfügt! (Kölner Dom, klar! Aber der
ist ja auch auch nicht nur ne Kirche!) Hinnerk
fand das, im Vertrauen gesagt, auch ein bisschen
protzig, aber na gut: „Wer hett, de hett! Bi uns to
Huus hebbt sej man nur een Turm, langt ja ook!"

Und dann natürlich die Tatsache, dass diese
Kirche wohl speziell für Frauen reserviert ist, wie
der Name ja auch schon sagt. Obwohl, wie
Hinnerk sich überzeugen konnte, auch Männer
dieses Gotteshaus betreten. Aber das war Hinnerk

eigentlich egal, er hatte das nicht so mit dem Glauben.

Nach Hinnerks Ansicht muss es sich dabei aber vermutlich um eher feminine Männer handeln, von denen es in neuester Zeit immer mehr zu geben scheint. Früher lebten die ja eher im Verborgenen. Was Hinnerks eigentlich nicht störte, aber die Kirche beeindruckte ihn schon mächtig.

Eine weitere Attraktion, so hatten es ihm die ‚Kajüte' – Stammgäste geraten, wären die kühnen Surfer im Eisbach des Englischen Gartens.

Hinnerk natürlich gleich mal hin. Um den unerschrockenen Kampf mutiger Menschen mit den wilden Wassern zu erleben.Und wäre fast vor Lachen in besagten Bach gefallen.

Na gut, waren ja auch nette Wellen und auch der Lärm war ganz beachtlich. Aber mit der Brandung seiner ‚Nooordseeeeküsteeh' war das nun beim besten Willen nicht zu vergleichen. Mann, da oben tobt doch die Natur auf breiter Front und nicht wie hier in München als kleines flinkes Flüsschen.

Der augenfälligste Unterschied zwischen Nordsee und Eisbach: Beim letzterem gibt es mehr

Zuschauer. Die von einer Brücke aus zusehen, wie sich junge Männer, na ja ein paar Mädchen waren auch darunter, wie sich diese jungen, in Neoprem vermummten Menschen auf kleinen, meist runden Brettern stehend, mühten den ein, zwei Wellen zu trotzen.

Hinnerk kaufte sich im nächsten Kiosk eine Postkarte mit Bildern dieser Attraktion und schickte sie nach Kleinhardingssiel, die Freunde dort sollten doch auch ihren Spaß haben.

In einem nahegelegenen Straßencafe erholte sich Hinnerk dann von dem soeben Erlebten.

Und dann kam der Kellner und sagte „Bon Giorno, Signore, come prima*?!" Da war der Hinnerk wieder platt. Was war das denn nun schon wieder? Was sprach der Mensch denn da? Und was wollte der von ihm? Hinnerk sah ihn ratlos an. Der Kellner wieder: „Cafe? Espresso? Cappuccino? Cafe Latte?" Hinnerk in seiner Verwirrung: „Ja, ja, bitte." Und der Kellner: „Subito!**" Und dann mit dem Getränk: „Prego!***"

Das war jetzt eine Begegnung der dritten Art. Zuerst Igor-Willi und Jelena mit ihrem Balkan-Deutsch, dann die Hofbräuhaus-Gesellen mit

*Guten Tag der Herr, geht's gut? **Flink! ***Bitte!

ihren Boarisch und nun der hier. Mit was..?
München war, was das betrifft, nun wirklich eine
Stadt der Überraschungen.

Wie konnten die Menschen hier nur überleben,
konnten und können die alle gleich mehrere
Sprachen? Oder wie funktionierte sonst hier die
Verständigung? Hinnerk wusste sich keinen Rat.
Aber er nahm sich vor, das bei nächster Gelegenheit mit seinem neuen Bayern-Freund, dem Iggy,
zu erörtern.

Wo's um Nackerte und ums Diridari geht

Sie hatten sich in einem Biergarten getroffen, was
auch eine dieser ganz eigenen Münchner Ein-
richtungen ist, die dort heutzutage fast jede
Restauration besitzt: Tische und Stühle oder
Bänke unter freiem Himmel, meist unter
schattigen Bäumen. „Biergartn", amüsierte sich
Hinnerk, „as wie dat Bier im Gartn wächst."

Hinnerk hatte kurz mal überlegt, ob man diese
Wirtshaus-Kultur nicht auch im Norden, zum

Beispiel in Tönning einführen sollte, verwarf aber dann schnell den Gedanken wieder. Schon wegen des Windes dort oben, dem sich ja sogar die Bäume beugen müssen, meist von Nord-Nord-West nach Süd-Ost oder so.

Und wie sähe das überhaupt aus, Leute im Friesen-Nerz, also in diesen gelben Wind-brechern, die dann ihre Biergläser festhalten müssen, damit diese nicht von den Tischen geweht werden. Denn: Solche Biere-Eimer, wie man sie in München nutzt, die würden sich in Tönning gar nicht gut machen. Weil: Der norddeutsche Bölkstoff passt nun mal nur in kleinere Gläser.

Doch zurück zu unseren Helden Hinnerk und Iggy. Die also saßen da nun in diesem Biergarten.

Iggy, muss man wissen, heißt eigentlich Ignaz und mit Nachnamen Sturmschmeichler. Aber er lässt sich lieber Iggy rufen als Ignaz, weil das mehr so klingt wie ein Pop-Star. Also eher cool, wie man das heutzutage nennt.

Iggys Vater übrigens, der natürlich auch Ignaz hieß, wurde Nazi gerufen, was sich die Leute dann aber ganz schnell abgewöhnt hatten. Und wenns einem mal doch rausrutschte, dann war das allen peinlich. Denn Ignaz Sturmschmeichler war der Besitzer und Erbe in der dritten Generation des Saatgut-Großhändlers ‚SS die feine Saat‘ – SS von Sturmschmeichler –, was aber dann auch nicht mehr passte. Und so verschwand das von der Reklame, wie auch der Nazi. Richtig, das hat mit unserer Geschichte eigentlich nichts zu tun, aber ich hielt es doch einer Erwähnung für wert.

Zurück also zu Iggy und Hinnerk. Und der Iggy, sollte nun erklären, wie das denn nun so geht in dieser Vielvölkerstadt mit der Verständigung.

„Woast I soags dir“, begann der Iggy, „des is fei so, des wia scho imma mit dera Fremden haben umgehen missn. Woast, zuerscht sans von Unterfranken kimma, dann vun dere Oberpfalz und auch vun Schwoaben sans kimma. Und woast wos: Die haben uns alle verstanden! Und so is denn nu a mit dere vun all die anderen Länder! Wia in Minga haben da so an richtiges Sproachg'fühl.“

Und dann schwärmte der Iggy noch vom Fernsehen, wo ja seit Anbeginn das Bayerische eines der Unterhaltungs-Gewürze ist. „Groad wiea Volkshochschuln!“, so der Iggy: „Hoast mi?“

Hinnerk Burmeester hatte nicht. Wieso auch, wo er doch selbst von Iggys feiner Rede nur die

Hälfte verstanden hatte. Soviel aber schon: „Woast, wanst es um die Zahlen geht, ums Diridari, dann können's alle, selbst die vun Polen oder so, dann können die Deutsch. Grad als hättns des scho dahoam gelernt..."

War Hinnerk nun klüger? Eigentlich nicht, war aber auch egal, denn das Bier schmeckte vorzüglich. Wurde in so einem hohen Glas kredenzt, in das der Kellner es aus einer Flasche gegossen hatte, die dann von selbigem heftig geschüttelt wurde: „Wegen dera Hefen!"

Um ehrlich zu sein: Eigentlich ist dieses Weißbier für einen friesischen Gaumen viel zu süß. „Hinnerk, I soags wias is: An so suffigen Trunk habts net da droben!" – „Jo oder Nö", darauf der Hinnerk. Und ließ es sich schmecken. Denn in der „Kajüte" hatten sie nur Pils. Der Atmosphäre wegen.

Dort stand er dann am Abend wieder hinter der Bar und zapfte sein ‚Husumer', was aber eigentlich aus der Tschechei kam, aus Budweis, musste aber keiner wissen, sagte jedenfalls Chef Seppi Krautschneider. Und, wie jeder Kenner weiß, können die dort auch ein sehr anständiges Bier brauen. Mit der entsprechenden Wirkung, die sich dann immer in den frühen

Morgenstunden zeigte, wenn die angeschickerten Männer sich kichernd ihre Abenteuer oder Phantasien erzählten.

Oftmals drehten die sich um die sogenannten Nackerten im Englischen Garten. Hinnerk nahm sich vor, dieselben einmal in Augenschein zu nehmen.

Und so wanderte er eines schönen, sonnigen Tages in Münchens größte Grünanlage und sah sie dann dort liegen. Bar jeder Kleidung, und schön – na ja – wie Gott sie geschaffen. Kurz: Es war alles ganz paradiesisch.

Doch als er so über die Wege neben der Wiese marschierte, hatte er doch manchen Grund zu staunen und war dann versucht bei dem einen Nackerten oder der anderen im Evakostüm freundlich zu grüßen. Denn manche der dort Ausgestellten kannte er aus seiner Zeit als Strandläufer auf Sylt, wo sich besagte Menschen – vor Kampen – gerne auch so präsentierten. So hielt sich denn für Hinnerk Burmeester die Sensation in Grenzen.

Berge
bannig
hoch

Es war einer dieser schönen, weissblauen, sonnigen Sonntage gewesen, als sie bei Jelena Vokuvics vorfuhren, um Hinnerk Burmeester abzuholen, der nun endlich zu seiner Begegnung mit den bayerische Alpen kommen sollte. Sie, das waren der Iggy und seine Freundinnen, die Erna-Susanne Einsiedl und Fritzi Schachermoos, die bei dieser Gelegenheit gleich einmal einen Tausender ersteigen wollten.

Sie also benschten Hinnerk aus dem Bett („Jo, grias di! Kimm aufi, pack mas!"), der doch eigentlich vor hatte, sein Tagebuch wieder einmal mit seinen Entdeckungen zu füllen, aber nun kam's eben doch anders.

Und sag' mal nix: Die Berge wollte er doch schon mal ganz gern von nahe besehen. Nur so von München, das sahen die doch ganz fern aus.

Das Abenteuer begann gleich in dem Kleinbus mit dem sie vorgefahren waren. Da drinnen sah es nämlich aus, wie in einer Handwerker-Werkstatt: Dicke Seile, Karabinerhacken und Ösen und lange Nägel und Helme und Warnwesten und ganz dicke, feste Schuhe, Schnürstiefel und nicht diese gummierten Schweissfuss-Gefässe, wie man sie ja heutzutage gerne trägt. „Mann, Leute, geiht dat jetz wohl aufn Bau, oder wat?" fragte Hinnerk angesichts dieser Utensilien, was die Mädchen veranlasste in ein fröhliches Lachen auszubrechen. Was aber Hinnerk nicht davon abhielt, seine Meinung von einem gemütlichen Ausflug kundzutun: „Bi uns, do geiht man ganz sutsche spazieren und lässt sin Werchzeuch to huus!" Da kicherten die Mädchen umso mehr.

Und dann waren sie vor Garmisch. Und Hinnerk war, trotz seiner fast Zwei-Meter ganz klein und bescheiden. So mächtig hatte er sich das nicht vorgestellt. Ja, hier war Deutschland wirklich zu ende, das konnnte ja nun jeder sehen. Vielleicht sogar die Welt. Denn, ob hinter diesen Riesen-steinmauern auch noch Menschen wohnten... Hinnerk hatte da seine Zweifel.

Natürlich luden Susi und Fritzi und Iggy den Hinnerk ein, mit ihnen ‚in die Berge zu gehen'. Das aber machte Hinnerk eine Gänsehaut: „Wat, mit rauf, an Seiln, klettern, bin ik 'n Orang Utan oder wat?" Hinnerk sah sich nicht in der Lage und verbarg seine Furcht hinter diesen kessen Sprüchen.

Ist aber auch so: Nicht jeder der dem Blanken Hans trotzt, kann auch den Berggeist bezwingen. Hinnerk jedenfalls nicht.

Und so blieb er denn unten im Tal, während das Trio sich auf die Suche nach dem blauen Enzian oder dem weißen Edelweiß oder dem Was-weiss-ich-denn-Ausblick machte. Auch war er da unten in der Lage sich mit dem Enzian in flüssiger Form zu befassen, wobei wir aber festhalten müssen, dass es sich bei Hinnerk Burmeester nicht um einen Säufer handelt.

Zeit zum Grübeln also: Kam man nur vernagelt nach ganz oben? Denn da waren ja gar keine Stufen in den Berg gehauen. Richtig, es gab ja auch eine Seilbahn, wie man sehen konnte, aber auch das war ja nicht ganz ungefährlich: Schließlich hängt so ein schwerer Kasten ja nur an einem dünnen Seil. Und denn sitzt man da drin, und macht was, wenn der Zugmaschine mal der Sprit ausgeht... Hinnerk fand, dass das alles sehr mutige Menschen waren, die sich diesen Strapazen unterzogen.

Und noch mehr Ehrfurcht hatte er nun vor den Italienern, die es doch wahrhaftig geschafft hatten sich über diese riesige, eigentlich unüber-windliche Naturmauer hinüber nach Deutschland durch zu kämpfen. Und, als ihm dann noch die

Lehrer Schneidewinds Schulgeschichte von Hannibal und den Elefanten einfiel – bekanntlich waren der Feldherr und seine großen Haustiere einst so über die Berge gezogen – da lüpfte er vor lauter Ehrfurcht seinen nicht vorhandenen Hut und bestellte gleich noch einen Enzian.

Es war dann später Nachmittag, als der Iggy und seine Freundinnen Susi und Fritzi vom Berg herabgestiegen kamen und sich zu Hinnerk gesellten. Erschöpft, sonnenverbrannt aber begeistert.

„Na, wie wor's?" fragte Hinnerk, worauf die drei von der tollen Fernsicht schwärmten, die dank des Föns geradezu überwältigend gewesen sei. Iggy: „Hinnerk, I soags wias is: Brutal, echt brutal woas, do schaugst bis grad an Horizont."

Hinnerk nahm das zur Kenntnis, bemerkte jedoch ungerührt: „Ick segg mol, bi uns tohuus, also bei uns zuhause, da kann man immer bis zum Horizont sehn. Und dazu braucht man kein Berch und schon garnicht ein Föhn!" Worauf der Iggy den Hinnerk freundlich in den Arm nahm, wie man das so tut mit Menschen, die Mental nicht auf gleicher Höhe sind, und sagte: „Ja, ja, is ja gut!"

Es mögen wohl einige Wochen ins oberbayerische Land gegangen sein, als Hinnerk Burmeester wieder einfiel, warum er eigentlich seine Reise angetreten hatte. Nämlich zu erkunden, wie das so ist, hinterm Deich. Richtig: Nach München ging's, wie er sich ja nun selbst überzeugen konnte, nicht weiter, aber links rauf, die Berge sozusagen links liegen lassend, korrekter eigentlich rechts, das wollte er jetzt angehen.

„Mal sehn, wie dat dor is, wie de dor schnacken, dat schüllen ja so Sachsen sien na ja, mal sehn", so Hinnerk zu sich selbst. Und machte sich daran seinen Baggerbüdel zu packen.

Am schwersten war es, seinem Chef Seppi Krautschneider Adjöh zu sagen. Der Seppi, ein ganz gradliniger Mensch, was in der Gastronomie nicht unbedingt immer von Vorteil ist, der Seppi also war ihm fast zu einem Freund geworden, was auch daran gelegen haben mag, dass der mütterlicherseits norddeutsches Blut in sich trug. Die Mama war im Zuge der Nachkriegs-Völkerwanderung statt nach Schwerin zu gelangen, in München hängen geblieben.

Na, wie auch immer: Hinnerk hin zum Chef und denn raus mit der Sprache. Seppi sehr erstaunt: „Und ich dachte, du hättest dich schon eingelebt. Na, soll wohl nicht sein. Denn auch alles Gute!"

Is wohl so: Die Norddeutschen machen nicht so viel Getue um so was wie Abschied oder so.

Während seiner letzten Tage in Jelena Vokuvics Pension aber hatte Hinnerk noch 'ne Menge aufzuschreiben. Zum Beispiel über das Essen und Trinken. Hinnerk in sein kleines Buch: „Also kulinarisch, kann man sagen, ist das nicht so weit her mit den Bayern!"

Hier nun seine Erkenntnisse: ‚Leberkäs' wird hier gern gegessen. Wobei: Das ist eine Art fester Fleischbatzen mit weder Leber noch mit Käse. Dann gibt das hier sogenannte Weißwürste, sehen aus wie bei uns die hellen Bratwürste, werden aber hier gekocht. Und denn mit SÜSSEM Senf (Mann, das ist vielleicht ein Ding) gegessen. Na ja, Schweinsbraten ist fast wie bei uns, wo wir aber Klöße sagen, sagen die Knödel. Und dazu dann Krautsalat. KrautSALAT – das hälst du ja im Kopf nicht aus. Das ist einfach roher, geschnetzelter Weißkohl, dazwischen ein paar Körner Kümmel und einige Tropfen Essig, damit das überhaupt nach was schmeckt. Und Eisbein kennen die nur als Hacksn und essen sie ganz ohne Erbsmus. Muss man auch erst mal drauf kommen. Ach ja und der Kartoffelsalat, den machen sie ganz ohne Majonese nur mit Öl. Und ihr Frühstück ist oft eine mit Salz bestreute Brezel, die aufgeschnitten dann mit Butter beschmiert ist. Eine Brezel AUFGESCHNITTEN. Kaum zu glauben.'

Wir sehen: Hinnerk Burmeester machte sich so seine Gedanken. Sogar noch am Tag des Abschieds.

Natürlich war Iggy gekommen, der hatte sich sogar in sein G'wand geworfen: Dreiviertel lange Lederhose, Wadenstrümpfe, Haferlschuhe, also echt boarisch, um ihn zur Bahn zu bringen, auch der Igor-Willi war dabei, der hatte ihm – als Fachmann sozusagen – die Fahrkarte nach Dresden gekauft. Und nun setzten er und Iggy den Hinnerk in den Zug. „Habe die Ehre", sagte der Iggy zum Abschied und der Hinnerk erwiderte freundlich: „Jo. Tschüs auch!"

Und dann fuhr der Zug aus der Halle, Wie vorhergesagt, nach hinten raus. Denn nach vorn wäre es ja garnicht gegangen.

Die sechste Etappe

Nu?

Zuerst
Schlickrutscher
und dann
einen Backs

Nu?

Mit einem gewissen Mitleid war Hinnerk Burmeester in Dresdens Hauptbahnhof eingelaufen. Irgendwie war nämlich plötzlich vor seinem geistigen Auge, die einst von Eitel Schindler, dem nach Friesland vetriebenen Stammtisch-Bruder in Malte Harms Deich-Krug geschilderte Bombennacht erschienen, diese Nacht, wo Dresdens liebliche Altstadt total zertrümmert wurde. „So Sachen vergisst man nicht", sagte auch Fred Jäger, ein bekanntlich ebenfalls Zugezogener.

Nicht, dass Hinnerk Burmeester das für eine besondere Kriegs-Monströsität gehalten hätte, schließlich wusste er, wie schlimm die Feuerbrunst damals im, zu Kleinhardingssiel nahen, Hamburg wütete, wo sogar einige Stadtteile zugemauert werden mussten, aber immerhin: Leid ist Leid.Und in Dresden kam ja dann auch noch die Wasser-Katastrophe hinzu, bei der nun alles, aber wirklich auch alles, überschwemmt worden war, einschließlich des Hauptbahnhofs. „Neh-oh-neh", hatte Geesche Harms angesichts der Fernsehbilder geklagt und: „Wie isses nur möchlich!"

Ja, so wüteten einst Feuer und Wasser im Zentrum von Sachsen. Hinnerk hatte feuchte Augen. Und Hunger. Und so begab er sich ins nahe Bahnhofs Bistro um ‚ehn beten wat to eten'. Ein adrettes junges Ding war dort die Bedienung. Und das fragte ihn: „Nu?" Hinnerk war verwirrt. So hatte ihn noch nie eine Bedienung angesprochen. Nirgendwo. Aber hier in Dresden: „Nu?"

Wie wir wissen wird unser Hinnerk aber mit jeder Situation fertig. Und so antwortete er genauso sparsam wie gefragt: „Hunger!"

Worauf das junge Ding den Dialog folgendermaßen fortsetzte: „Mir hamm ne Buddorbämme midd Worschd, odor was Siesses ham woh oach, ehn Stügge fum Schdriedzl. Gönn se ehn Scheelchen Heessen* zu ham! Gochn gönn mer nüch, mir ham nämlisch gor keen Herd."

Das liest sich schon ganz lustig, spaßier aber wäre es, wenn man es auch hören könnte. Diese Sachsen reden nämlich nicht ihre Sprache, die singen sie. Aber das nur nebenbei.

Hinnerk entschied sich für die „Buddorbämme", die sich als eine gebutterte Scheibe Brot belegt mit Wurst herausstellte und dazu einen Kaffee. Na ja, ehe man verhungert... Und so machte er sich denn karg gestärkt auf den Weg in das

*Tasse Kaffee

Zentrum. „Mahsehn wat noch übrich is", so Hinnerk zu sich selbst.

Natürlich fand Hinnerk, mit – wie man so sagt – traumwandlerischen Zielstrebigkeit den Weg zum Wasser. Sprich zur Elbe. Von oben auf den Brühlschen Terrassen sah er auf das schmale Flüsschen, dass er doch noch unlängst erst in Hamburg als gewaltigen Strom erlebt hatte.

Und nun hier ein eher schmales Wässerchen, auf dem gerade einige Raddampfer verkehren konnten. Flachrümpfig, damit sie nicht auf Grund liefen. Schlickrutscher würde man sie zuhause nennen. Angeblich sollten hier auch Frachtkähne aus der Tschechei vorbei kommen, jedoch heute waren nur die weißen Ausflugsdampfer zu sehen.

Hinnerk hatte es sich gerade auf den Treppen gemütlich gemacht, als ein kleiner Mann auf ihn zu trat, mit den Worten: „Se sin wouhl oo nüch fun hia! Siehd moar glaai. Sie mit diesor Hose und mid der Midze. Sieht man hier säldn. Ich ibrigens oo nüch. Nur zu Besuch. Ich bin in Leibbsch dorhehme. Ganz anneres Glimah."

Der kleine freundliche Mann ohne Namen hatte es sich neben Hinnerk bequem gemacht, ohne seinen Redefluss zu unterbrechen: „Nu guggn se ma, was se hia hamm. Enn boar neuaufgebaude alde Häusor, na gudd, oo enn scheenes Obernhaus, dorte driebn", – und dabei zeigte er nach links auf ein imposantes altes Gebäude – „un denn was? Ich sachs ihnen: Alde Leide. Und denn die Schproache. Dies Dräsdner Säggsch. Da gommd doch geener mid. Bei uns in Leibbsch* sprüschd ma rischtzsches Deudsch. Denn dorhehme in Leibbsch is de ganze Weld zu Gasd. Verstähn se: Zu Gasd. Da gomm se alle hin, oo wäschn da Messe. Se wern noch merschn, wie das hier anners is. Un wer gann, der will fordd. Nehm se ma den ollen Gönisch**, Augusd, der war ja denn sogar Gönisch von Bohln***. Nix wie fordd, der Moh. Na, in Bohln haddn se ja oo scheene Fraun, des war ihm schon wichtzsch. Da gonndor gohrnüsch genuch vun hamm. Un denn der Garl May, der machte sogar fordd nur mittm Goppe**** zu Winneduh un Ol Schedderhän. Ne, hier is egah nix. Gomm se nach Leibbsch, 's iss deudlisch bessor, sachde sogor der olle Goedhe: Mei Leibbsch lob ich mior. Aber guhd, nu muss ich weida, war ne nette Underhaldung mit ihnen. Guden Tach!"

Sprach, sprang auf und ging flink, aber mit kleinen, wichtigen Schritten zurück in die Stadt. Und Hinnerk holte erst mal Luft: „Mann, was war denn das?"

*Leipzig **König ***Polen ****Kopf

Weil aber nun der Tag zur Neige ging, war es Zeit
für Hinnerk sich nach einem Schlafplatz
umzusehen. Am besten war er immer damit
gefahren, wenn er Einheimische nach einer gute
Adresse fragte. Also nun Hinnerk zu einem alten
Paar: „Entschuldigen Sie bitte..." Nein bis zum
‚Bitte' ist er gar nicht erst gekommen. Die alten
Leute sahen ihn nur böse an und sagten: „Mior
gehm nix!"

Und auch andere Menschen, taten so, als könnten
sie ihn nicht leiden oder sahen durch ihn hindurch. Zu seinem Glück sah er dann doch ein
Schild auf dem stand: ‚Pension Zur Trauten
Heimat'.

Hinnerk also da rein und denn die Klingel
bedient. Und dann kam sie auch schon
angelatscht, die Chefin wohl: „Nu?"

Ja, Hinnerk bekam ein Zimmer, aber „nur mit
Vorkasse!" hatte die Chefin gesagt und Hinnerk
zahlte wórtlos gleich für zwei Nächte. Für länger
nicht: „Erst ma sehn"

Zuerst Schlickrutscher und dann einen Backs

Das erste, was Hinnerk Burmeester anderntags unternahm war eine Schiffsreise mit einem dieser Schlickrutscher. Rauf, Richtung Tschechien. Vorbei an der sogenannten Bastei, von der im Prospekt der Schifffahrtsgesellschaft zu lesen war, dass sie ein Naturwunder sei. Und wirklich, ist schon imposant, wie diese schmalen Felsen da in den Himmel ragen, von weitem gesehen könnte man meinen, es wäre eine Burgruine. Aber nein, sind schon richtige natürliche Felsen.

In Bad Schandau machte Hinnerk Rast und staunte über die dortige Straßenbahn. Weil: Wenn die Menschen sonst Straßenbahnen bauten, dann taten sie das in Städten, um schneller von einem Viertel in ein anderes zu gelangen. Aber hier in Bad Schandau bauten sie die Straßenbahn für Fahrten in den Wald.

Und witzig auch die Elbfähre, weil die nämlich an einem Stahlseil über den Fluß gezogen wird, an dem die Schiffe dann immer ganz vorsichtig vorbei fahren müssen. Aber das Prinzip begeisterte ihn schon, denn es ist nur die Strömung des Flusses, die dafür sorgt daß die Fähre rüber und nüber kommt. Hinnerk zu sich: „Dat dat so geiht... Irgendwie idelich*... sin aba keine Murksbüttel, de Lüüd hier, ne de sin helle!"

Er stärkte sich dann an der Schiffsbar bei einem Bier. „Radeberger!" sagte der Flussschipper und reichte die Flasche übern Tresen, weil, die hatten hier wohl keine Gläser. Und denn: „Prost!"

Hinnerk genoss, war nämlich ein richtig schönes herbes Pils, fast wie ein Bier von zuhause.

„Mitm Glas, trinkt sich dat better, ehr hebbt wohl keen Glas, oder?" Hinnerk zum Mundschenk. Darauf der: „Mei Guhdsda, ham wir doch oo, wolln aba de meesdn nich, Flaschenbier is nu in Mode, die sachn dazu gool. Abor wennse wolln, hier isn Glas."

Was Hinnerk freute. Er nahm die Flasche und füllte das Glas, in dem nun das Bier wie aus hellem Bernstein golden leuchtete. Der Keeper: „Ja, un scheener isset oo!"

„Wenns so weida gehd", sinnierte der Fluss-schiffer, „dann wern de Leude oo noch auf Messa un Gabel verzichdn. Das gönn se mir globn." Hinnerk nickte zustimmend mit dem Kopf. „Mir verlassn nämlich nu die Zeid der Zivilisadschon, z'rügg ins Primidive. Gönn se oo sehen in den vielen neuen Logalen. Da gibt's keene Speisegarde mehr, zum lesen un so, sondern iba da Dheke sin bunte Bilda. Da mussde den Nischel** gornich ersd ansdrengen, da zeichsde uf de Bilder!"

Hinnerk lachte zustimmend, hob sein Glas und sagte: „Jo denn mal Prost!" Und fühlte, dass er eine gleichgesinnte Seele getroffen hatte. So kamen er und der Flussschiffer Maik Schneeberger ins Gespräch.

Hinnerk: „Nich veel los wat?!"

Maik: „Nujah, de Fremden machen sich rar. Machen wia ni genuch Reglame? Frier haben se sich gedrängeld aufm Schiff un nu näschd und nuschd."

Hinnerk: „Dat kannst du dreien, as du wullst. Ik denk: Se fühln sich man nich willkommn?"

Maik: „Gannma denkn. Aba eischentlich sin mier Sachsn doch so gemiedlich und duun niemandn nix. Isch wees nüsch."

Hinnerk: „Na, nu nich den Kopp verbeestern, dat Leeven geiht so rasch dorhin, dat weert schon

*seltsam **Kopf

wedder." Und bestellte gleich noch ein ‚Radeberger' und für seinem neuen Kumpan gleich
eines mit. Aber der sagte: „Ne, gehd uf mich!"

Sie gingen dann auch gemeinsam von Bord. Und,
auf Maiks Empfehlung, in eine kleine Gaststätte
am Anleger: „Wenn Se nüsch kääbsch sin, denn
nähm sen Backs!" – Was Hinnerk zunächst in
Verwirrung brachte, aber dann reimte er sichs
zusammen: Kääbsch ist so etwas wie krüsch, also
etwas mäkelich. Mit Backs jedoch konnte er
nichts anfangen. Maik erklärte: „Gardoffelpuffa."
Ach so...

Jedenfalls gab es dort auch ‚Radeberger' und
dazu eine Menge Geschichten von Maik. So
wurde es dann ein richtig netter Abend.

Natürlich hatte sich Hinnerk Burmeester auch in
der Stadt umgesehen. Und bestaunt: Die alten
Häuser zum Beispiel, von denen einige aber
neu-alt waren, wie das Taschenberg Palais oder
die Frauenkirche (schon wieder die Frauen
diesmal aber evangelisch! Und da reden die
immer von Benachteiligung) die Frauenkirche
also, die, wie originell, gar keinen Kirchturm hat
– hätte man der Kirche nicht einen spendieren
können, jetzt bei Wiederaufbau? Hinnerk: „Na
ook egal." – den alten Zwinger mit den alten
Bildern, die alte Semperoper mit den alten Opern

– „Ferdi, Butschini und Wachner", wie Maik
sagte – Überhaupt das Alter: Selbst die Menschen
auf den Straßen waren in ihrer Mehrzahl alt.

Und was Hinnerk besonders bemerkte war die
Tatsache, dass sich auf den Straßen und Plätzen
von Dresden nur eine einzige Rasse tummelte.
Nämlich die weiße. Verglichen mit München, wo
nun wirklich alle Hautfarben zu sehen waren,
Menschen aus Afrika, aus Asien und sogar
vollverschleierte Frauen aus Arabien – und alle
mit einander und durcheinander in der Fuß-
gängerzone zum Beispiel, Mann aber auch. Hier
in Dresden gabs das nicht. Alt und weiß waren
die Menschen.

Hinnerk hatte seinen neuen Kumpan Maik darauf
angesprochen, wo nämlich all die jungen
Menschen geblieben seien, die es doch hier
einmal auch gegeben haben muss.

Das sagte der Maik in seinem schönen Sächsisch:
„Nu, de sin alle rieber gemachd. Isch oo. Nächsde
Sääison bin isch uf einem Kreuzfahrer. Drum ibe
ich nu egah mei Hochdeudsch. S' is Vorschriftd!
Dor darf geen Word Säggsch aus dr Gusche*"

Dabei war der Maik Schneeberger stolz auf seine
Sprache. Und weil er trotz seiner erste 28 Jahre
kein ‚Drähmel' also kein Dummkopf war, kannte

*Mund

er auch die Geschichte, dass einst, als Deutschland noch nicht Deutschland war, die feinen Herrschaften ihre Kinder nach Sachsen schickten, damit sie diese feine Sprache lernten.

Dass Hinnerk darüber lachte fand der Maik garnicht nett: „Da gennd isch gladd in Raasche gomm, du Feife!" Aber, weil sich der Hinnerk dann sogleich entschuldigte, war der Maik dann wieder ,gemiedlich'.

So also war das: Die Sachsen haben sich wieder aufgemacht in alle Welt. Die jungen jedenfalls. Und wirklich, wenn Hinnerk so darüber nachdachte, war er ihnen schon immer begegnet. Nicht nur im Hamburger Hafen an der Imbiss-Bude, auch in München waren solche Laute zu hören gewesen.

Na klar, die Sachsen sind Reisende. Und dabei fiel ihm der Herr Seume ein, von dem ihm der Maik auch berichtete. Der war ja ein ganz toller Fußgänger gewesen. Der ging ja zu Fuß bis nach Sizilien. Und war dann auch noch bei den Amis in der Armee gewesen gegen die Briten und danach sogar dann Offizier bei den Russen.

Maik: „Dor genn miar nix! Wenns ums anbaggn gehd, sin mir dorbei."

Und darum sind die Sachsen wohl auch noch unter anderen Namen verbreitet: Angelsachsen zum Beispiel oder Niedersachsen.

Tja und so war er denn schnell durch mit Dresden, der Hinnerk Burmeester. Mit den alten Leuten hatte er nichts am Hut – schon wie böse die ihn immer ansahen, weil er ganz offensichtlich nicht von Dresden „dorhehme" ist – und so kaufte er auf dem nun ja wieder trockengelegten Hauptbahnhof eine Fahrkarte nach Berlin. Das sollte sein letztes Reiseziel sein.

Die siebte Etappe

Das doppelte Berlin,
ein Bahnhaus
und andere
Merkwürdigkeiten

Von Kühen
und von
‚Helgoland‘

Allerlei von
Kanacken
und von
Dick und Doof

'n beeten Gold
und
Seemannsgarn

Das doppelte Berlin, ein Bahnhaus und andere Merkwürdigkeiten

Hinnerk Burmeester hatte auf seiner Expedition durch Deutschland ja nun schon allerhand Erstaunliches zu sehen bekommen. Riesenschiffe zum Beispiel, hoch fast wie Wolkenkratzer, ganz große Kirchen auch – und dann sogar welche speziell für Frauen – oder tolle Brücken, und Riesenberge, Mannomann, aber das Ding hier, das schlug dem Fass den Boden raus, sprichwörtlich sozusagen. Die Rede ist vom Berliner Hauptbahnhof.

BahnHOF? Von wegen! BahnHAUS!

Denn in diesem Haus, extra für die Eisenbahn gebaut, fahren die Züge durch alle Stockwerke. Vom Keller bis ganz nach oben. Mindestens vier Etagen, oder fünf? Egal. Jedenfalls kein HOF, das steht nun mal fest.

Hinnerk war fasziniert. „Aber", so sagte er sich, „Berlin is ja nu ook de Hauptssstadt. Dor is ja allens 'n beeten gröter. Oder eben anners."

Und während er noch mit großen Augen und wohl auch mit offenem Mund das Bauwerk bestaunte, stand plötzlich einer neben ihm und sagte: „Na, da kiekste, wa?!"

Der Mann, der das sagte, stellte sich später als Atze vor, Atze Schlemmer, genauer, ein wohl typischer Berliner. So mit Schlägermütze, schwarzer Lederjacke, blaue, na ja war wohl mal, Jeans und dann diese Turnschuhe, wie sie ja nun alle tragen, statt durables Schuhwerk.

„Na, da kiekste, wa? Ja, son Bahnhof haste nich überall. Und sozialistisch isser ooch, ick sach ma, so wat wie jemauater Klassenkampf und so – obwohl ihn die Kapitalisten, also die Wessis jebaut ham. Da kannste ma sehn."

Und, weil Hinnerk ein zweifelndes Gesicht machte, fügte Atze hinzu: „Wieso ick det wees? Weil janz oben, in der schniecken Beletage, also wo die schnellen Züge fahrn, da müssen die Passagiere der Ersten Klasse im Regen einsteijen, ooch wenns schüttet. Denn denen hat man nämlich det Dach, det eijentlich vorjesehn wa, enfach nich jebaut .Nu stehn se da in Wind und Wetta, die Fettsäcke un ihre schnieken Ladies!"

„Ick jlobe, dat der Bahnchef, ja da staunste, abba sowat jibt et wirklich, det also der Bahnchef det jemacht hat, damit die Ossi mal wat zu lachen habn. Ossis sind, musste wissn, die Menschen von drüben, also von dem wat ma die DDR war. Die haben ja nu allet valorn. Meist anne Wessis. Und wenn die nu sehn, wie die fetten, reichen Kapitalisten bibbernd im Regen aufn Zuch warten, dann könn'n die lachen. Obwohl: So weit nach oben schaffen die et ja meist janich. Weil, det liegt im Charakta. Will ma sajen, da brauchste schon mal stärkere Ellbogen, oder Skru-pel-losig-keit. Habn de meesten aber nich, hat man dene ja nicht beijebracht."

Soweit also Atze mit seinem Redeschwall, den auch der Fußmarsch nach draußen nicht bremsen konnte.

Und dann standen sie vor dem Hauptbahnhof.

Inmitten von Nichts.

Hinnerk wunderte sich, denn in den anderen Städten,wo er mit der Bahn angelandet war, da tobte in der Bahnhofsgegend immer das Leben. Sogar das ganz wilde Leben. Mit Bars und Tabletanz-Restaurants, (also Gaststätten wo die Mädchen auf den Tischen tanzten), und Spielcasinos (Sobald das Geld im Kasten klingt, der Chef ein Halleluja singt) jede Menge Unterhaltung also.

Jedenfalls konnte sich in den anderen Städten der Reisende gut die Zeit vertreiben zwischen zwei Zügen. Aber hier?

„Wie de siehst, siehste nischt", so Atze. „Un ick kann dia ooch vaklickern warum det so is. Weil, wenn de Pollitiker so ausser Provinz hia hinkommn, will man se nicht jleich erschrecken mitm Grossstadt-Trubel."

Und dann nach einen Pause: „Icke jeh mia jetze ehn Bier koofen. Kommste mit?"

Hinnerk, der ja nichts anders vor hatte, sagte „Jo!" und trottete dann neben Atze über die weite, freie Fläche hinterher zur Alten Zollpackhof. Dort im Biergarten kauften sie sich dann jeder eine Flasche vom ‚Märkischen Landmann' und suchten sich einen Tisch unter der Riesen-Kastanie, die da wohl schon seit den Zeiten des Alten Fritz die Durstigen mit ihrem Schatten erfreute. Und seitdem steht sie wohl auch schon unter Denkmalsschutz. Hinnerk, staunend: „Hier heppt se sogor n Boom as Denkmal... na is ja ook de Hauptssstadt, mutt denn wull..."

Hinnerk hielt nun den Augenblick für gekommen sich vorzustellen: „Also Atze, ick bün de Hinnerk, de Hinnerk Burmeester und ick komm ut Kleinhardingssiel."

Atze: „Ja, is jut! Dat du nich von hia bist kann man ja ooch sehn. Mit solche Klamotten kannste nur von da oben sein, ick mein du musst einer von diese Fischköppe sein, wie se so sind da in Rostock!"

Hinnerk:„Ne, ne, ne ick bün nich ut Rostock. Ick komm ut Kleinhardingssiel und dat licht anne Nordsee."

Atze: „Ja, ooch jut. Aba Fischkopp bleibt Fischkopp. Und denn man mal Prost!" Und führte seine Flasche zum Mund. Hinnerk auch.

„Wat du hier siehst", nun wieder Atze, „is die Rückseite von der Kanzelei, hier siehste die Kanzlerin von hinten."

Und dabei zeigte Atze auf das Gebäude auf dem anderen Ufer des Flüsschens, das sie Spree nennen, wie Hinnerk wenig später erfuhr. Und auf dem bunte Fahrgastschiffe soetwas wie eine Polonaise vollführten. Schiff an Schiff rechts runter, links rauf, fuhren auf der Spree entlang, an Deck Menschen, dicht bei dicht, die alle nach drüben, also entweder nach links oder auf der Rückfahrt dann nach rechts blickten, weil auch sie die Kanzlerin mal von hinten sehen wollten.

„Un kiek mal die Brücke", Atze zu Hinnerk: „Die
is extra für die Kanzlerin jebaut wordn, weil
wenn ma Terroristen oder solche Brüder kommn,
det se dann hurtig vaschwinden kann. Flink flitzt
se denn üba de Brücke. Darf übrigens sonst
keener, nur ab un zu jeht mal ehn Wachmann
drüber, um zu kieken ob da Bomben sind..."

Atze holte noch zwei Flaschen vom ‚Landmann'.
Und dazu zwei Käse-Schrippen, wie die
Rundssstücke ja in Berlin genannt werden.

Und dann ging Hinnerk und kam mit zwei neuen
Flaschen zurück. Dann wieder der Atze und dann
der Hinnerk und so fort und so wurde das wieder
ein richtig netter Nachmittag. „Garnich übel, dat
Berlin", freute sich Hinnerk Burmeester,
wenngleich dieses dunkle Gebräu aus dem
Märkischen schon arg gewöhnungsbedürftig war.

Von Kühen und von ‚Helgoland‘

Es war Atze, der Schwatzhafte, der Hinnerk dann auch ein Quartier besorgte. Hinnerk, der viel von Kreuzberg gehört hatte – er kannte das Lied von den langen Nächten dort – wollte eigentlich genau da sein Lager aufschlagen, aber Atze sagte: „Det is nischt, nur Kanacken und diese jungen Jrünen, die sich mit die Touristen kappeln. Ne, ick wees wat Bessres!“

Und so fand sich denn Hinnerk Burmeester in der guten Stube von Liesbeth Dombrowski geborene Schimansky, die ihre Pension in der Kneesebeck Straße darum ‚Schimmis Zuhause‘ nannte, weil sie sich Reklame von dem durch Fernsehen berühmt gewordenen Namen erhoffte.

Dorthin führte eines dieser merkwürdigen Treppenhäuser, wie sie einst in den Mietshäusern von Berlins feineren Gegenden gang und gebe waren: Eine steile Treppe hinauf ins Hochparterre von wo aus dann ein Fahrstuhl in die oberen Stockwerke ging.

Das Entre zu ‚Schimmis Zuhause‘ lag im zweiten Stock. „Ick wees“, gestand Atze, „wenn de beschickert bist is det ne Herausforderung. Schafft nich jeda. Aba nach Zwölfe hat de Olle ehn Nachtportier, der kann dia dann mit nach oben helfn."

Am ersten Abend war es Atze der Hinnerk half die steile Treppe zu erklimmen: Hinnerk mit den vom Alkohol schweren Beinen und dem großen Baggerbüdel.

Hinnerk nahm also dort Quartier zumal das Zimmer recht geräumig und hübsch eingerichtet war. Und, wie ganz früher, stand auf dem Tischchen mit dem Schminkspiegel in einer großen Schüssel eine gefüllte Wasserkaraffe. Wohl für ne schnelle Wäsche, denn das Bade-zimmer befand ist ein Stockwerk höher und war manchmal besetzt.

Es war eigentlich zwangsläufig, dass sich Hinnerk Burmeester und Erna Bleystifft treffen mussten. Nicht nur, weil er von seinem Hotelfenster hinüber, über den kleinen Hinterhof, direkt in ihre Wohnung sehen konnte, wo keine Gardinen die Sicht störten. Denn Erna Bleystifft war es eines Tages leid gewesen, die Gardinen immer mal wieder waschen zu müssen. ‚Hier is sowieso nüscht zu kieken', sagte sie sich und verzichtete darum auf die Vorhänge.

Außerdem, war Erna Bleystifft nur selten zuhause. Tagsüber machte sich sich in Schlesingers Papiergeschäft in der Ulandstraße nützlich.

Es war der Senior gewesen, der sie einst eingestellt hatte, weil er erkannte „Bleystifft, wie hübsch. Aber mit diesem Namen wären Sie ja zum Beispiel bei Butter Lindner fehl am Platze, jedoch bei uns mit den Papierwaren, das passen Sie hin." Das war vor etwa 30 Jahren gewesen. Und seitdem schafft Erna bei den Schlesingers.

Aber ich bin vom Thema ab gekommen. Uns geht es ja vor allem um Hinnerk. Der also hatte alsbald die nette Gaststätte ‚Zum strammen Heinz' unten im Hause entdeckt und genehmigte sich dort zum Abend immer – nu ja, in den drei Tagen die er nun schon in der Hauptstadt weilte – also abends immer ein kühles ‚Schultheis'. Gut eingeschenkt von eben dem strammen Heinz, der dem Etablissement auch seinen Namen gegeben hatte.

Auch Erna Bleystifft war dort Stammgast, denn diese Restauration gehörte zu einem der letzten Exemplare einer eigentlich ausgestorbenen Spezies in der Welt der Berliner Gastlichkeit. Sie war, ist eine sogenannte Hauskneipe. Ein Ort, wo sich die Nachbarschaft gern zu einem kleinen abendlichen Umtrunk versammelt.

Erna hatte ihren Stammplatz direkt an der Theke, weils von dort aus den besten Überblick gibt. Und so kam unser Hinnerk natürlich dann auch bald in das Blickfeld der wachsamen Dame.

Ja, Dame kann man wohl sagen, denn Erna war immer proper in Garderobe, weil, wenn sie eins nicht leiden konnte, dass man sie nämlich für eine Kneipen-Schlampe halten könnte.

Es war, wie gesagt, der dritte Abend, an jedem Tag also, als Hinnerk von seinem ersten Ausflug zum Ku'damm zurückgekehrt war, noch voll des großen Amüsements, weil er doch wahrhaftig gedacht hatte, dort auf diesem Damm würden die Kühe grasen. Von wegen Kuh-Damm. Könnt ja sein, schließlich halten sie sich zuhause in Kleinhardingssiel Schafe, die auf den Deichen weiden.

Hinnerk hatte sich am Morgen beim Frühstücks-mädchen erkundigt, wo man denn so Dinge wie Rasiercreme und Zahnpaste kaufen könnte.
Die waren nämlich alle. Das Mädchen: „Janz ehnfach, runter, rechts rum und schon biste da am Ku'damm!"

Hinnerk war wieder verwirrt: ‚Kuhdamm? Mittnmang de Sstadt. Inne Millionenssstadt? Ob dat woll wedder sone Verkackeierungen is, mit wat man de Fremden hier foppt?'

Hinnerk hatte noch den Bahnhof im Sinn, der sich ja dann als eine Art Bahnhaus entpuppte. Und am zweiten Tag war er mit einem Taxi zum ‚Tiergarten' gefahren. „Mahln beeten frische Luft schöpfn, mittenman de Tiere", so seine Absicht. Aber mit Tieren war das nichts im ‚Tiergarten'. Allenfalls Hunde sausten dort umher und kleine Eichhörnchen.

Und, dass dieses „Ku" nur eine Abkürzung von Kurfürst war, gemeint war also ein Kurfürsten-damm, bekam er auch schnell raus. Weil, gewitzt, Hinnerk sich das Straßenschild ansah. Da stand es dann: ‚Kurfürstendamm'. Hinnerk zu sich: „Wenn ick de Kurfürst wär, Mann, do hätts evver gescheppert wegen Verhohnepiepelung. Is ja ook eher so wat wie Majestätsbeleidigung...?"

Doch zurück zum ‚Strammen Heinz' und zu Erna. Die nahm nun Hinnerk ins Visier. Und stellte die berühmte Frage, in der die Antwort eigentlich schon beinhaltet ist: „Na, junger Mann, Sie sind wohl nicht von hier!?"

Wenn sie zu Fremden sprach dann nutzte Erna immer das feinste Hochdeutsch. Schließlich war sie nicht aus dem Wedding – oder schlimmer noch: Neukölln. Sie war nämlich in Wilmersdorf zuhause, wie sie Hinnerk später erzählte und, daß ihre Familie eigentlich vom Prenzlauer Berg kommt. „Aber da kann man nicht mehr leben", sagte Erna, „weil da ja nunmehr alles von den Schwaben okkupiert ist. Wie eine Besatzungsmacht haben die sich da breit gemacht."

„Und darum heißen dort die Schrippen nun auch Wecken oder Semmeln."

Hinnerk: „Schrippen?"

Erna: „Nu ja, die kleinen Brötchen."

Hinnerk: „Ach so, die Rundssstücke."

Hinnerk, der es sich an der Theke bequem gemacht hatte, grübelte nun über die Antwort auf die Frage, ob er nun oder nicht ‚von hier' sei. Darauf kann man nämlich beides sagen: Jo oder Nö. Stimmt immer.

Und darum antwortete er ganz gegen seine Gewohnheit mal ausführlicher: „Nö, ik bün ut Kleinhardingssiel vonner Nordsee-Küste."

Erna: „Ach. Und was hat Sie hergetrieben?"

Hinnerk: „De Welt bekiekn."

Erna: „Soso. Und denn bleiben Sie wohl etwas länger?"

Hinnerk: „Jo."

Wie man sieht, wurde es dann eine ganz anregende Unterhaltung in deren Folge Erna auch vernahm, dass sich Hinnerk um eine Arbeit bemühen wollte, wegen der Reisekasse und so. Und da hatte Erna denn auch gleich den richtige Tipp. Denn bei ihr, genauer bei den Schlesingers, verkehrten auch eine Menge Kaufleute, die sich auch mal gern danach erkundigten, ob man Arbeitskräfte wüsste, wegen eines momentanen Engpasses.

Kurzum: Hinnerk bekam eine Stelle beim Baumarkt als Zupacker. Das sind kräftige Menschen, die mal so richtig mit anfassen können. Und das kann Hinnerk nun wirklich, was man ihm ja auch gleich ansieht.

Und so also kam es, dass die Erna Bleystifft den Hinnerk Burmeester unter ihre Fittiche nahm. Und weil sie über ein kleines Auto verfügte, fuhr sie mit Hinnerk an den freien Tagen, Sonntags also, die Berliner Sehenswürdigkeiten ab. Auch die, der der normale Tourist nicht so zu sehen bekommt.

Zum Beispiel ‚Neu Helgoland'. Das war nun auch wieder so eine Sache, die Hinnerk zum Lachen brachte. Denn ‚Neu Helgoland' ist nun mal nicht eine Felseninsel inmitten wilden Wassers, wie das richtige Helgoland, ja ist noch nicht einmal eine Insel, sondern nur eine Schiffs-Anlegestelle mit einem Fischrestaurant. „Aba", so Hinnerk zu sich selbst, „warum denn nich. Wenn de in München en lütten Bach zum Surferparadies machn, denn solln se in Berlin ook ihr Helgoland hebbn.'

Noch verrückter aber war für Hinnerk der Ausflug nach Klein Venedig. Da konnte man nämlich nur mit einer Fähre rüber kommen. „Fähre?" Ein Ruderboot mit Fahrplan! Für das man, wie in der Straßenbahn einen Fahrschein kaufen musste. Und denn ruderte der Fährmann los. Und Klein Venedig? Na ja, lauter Schrebergärten getrennt von Kanälen dazwischen.

Aber war schon was. Na ja, und so kam Hinnerk ganz schön rum. Auch zu den Tiergärten. Wovon es in Berlin gleich zwei gibt. Die aber, damit man sie auseinanderhalten kann, gleich zwei verschiedene Namen tragen. Der eine heißt Zoo und der andere Tierpark.

Zwei – weil Berlin so groß ist und Hauptstadt? Nein: Weil es Berlin mal zweimal gab. Also das hier und das Drüben. Damals, als das auch noch durch eine Mauer getrennt war. Und man höchstens die ‚Staatsgrenze' – ‚Ja, nu komms du und ssstaunst' – die ‚Staatsgrenze' also konnte man höchstens mit den richtigen Papieren überqueren. Oder, wenn man ein Spion war. Die nämlich wurden dann gern mal ausgetauscht.

Ja, so war das mal.

Allerlei von Kanacken und von Dick und Doof

Eines Tages fand sich Hinnerk Burmeester dann doch in einem der, laut Erna Bleystifft, berüchtigten Kreuzberger Kaffeehäuser. Genauer im ‚Café Smyrna'. Denn es hatte ihm keine Ruhe gelassen, an Kreuzberg einfach so vorbei zu leben. Darum bestieg er eines schönen Tages den sogenannten Orientexpress, die U-Bahn Nummer 1, und fuhr bis zum Kottbusser Tor, von den Berlinern liebevoll Kotti genannt.

Tja und dann also rin ins Café.

Und bestellte sich natürlich einen türkischen Kaffee. Und nahm einen Schluck. Und dann aber keinen mehr. Denn, wer das trinkt bekommt entweder einen Herzinfarkt oder wird Diabetiker. So stark und so süß ist der Stoff.

Einer der Stammgäste dort sah das mit Vergnügen. Und quatschte Hinnerk denn auch gleich an: „Was du machen hier, Alder? Kanack wie Museum gucken? Kannst du haben. Aber Vorsicht. Sonst vielleicht Messer. Und Krankenhaus!" Weil der Sprecher das aber lachend sagte, wusste Hinnerk, dass dies keine Drohung war. Ganz im Gegenteil. Denn: „Willst du gucken Kreuzberg, mach ich Führer."

„Bist du deutsch oder was? Bin ich Murat" so sein neuer Freund, ein kleiner Mann, so um die Einssechzig, mit einem gepflegtem schwarzen Bart und einer Baseball-Kappe auf den schwarzen Haaren, aber sonst eigentlich ganz zivilisiert. Nämlich guter Anzug und auch polierte Budapester und nicht die sonst üblichen Tennisschuhe mit ihren wilden Farben.

Hinnerk war verwirrt. Nicht nur von dieser seltsamen Art Deutsch mit der er überfallen wurde, auch die unverblümten Fragen machten ihm zu schaffen.

Hinnerk: „Na kloor, bün ick Dütsch. Wat sonst?"

„Isja gut, wollt nur wissen", Murat zeigte lachend seine Zähne. Und dann: „Hast du Hunger, komm Essen!"

Und ehe noch Hinnerk sein Portmonee zücken konnte, hatte Murat schon den Kaffee bezahlt und Hinnerk auf die Straße bugsiert. „Kommst du Bahnhof oder bist du mit Auto?"

Hinnerk: „Keen Auto. Ick bün mit der U-Bahn gekommn..." – „Auch gut", so Murat, „dann wir laufen."

Und so trabten sie die Straße hinunter bis zu einem Shop über dem geschrieben stand ‚Döner Kebab'. Und in dem ein Mann mit weißer Kochmütze hinter einem Riesen-Fleischspieß stand – vom Tisch bis zur Decke reichte das Ding – den er drehte und von dem er ab und zu etwas Fleisch abschnitt mit einem großen Säbel.

„Das Kanacken essen", erklärte Murat und zerrte Hinnerk hinein in die kleine Gaststube: „Must du probieren!"

Und so kam es, dass Hinnerk Burmeester seinen ersten Döner aß. Vom Koch mit Schwung und Säbel abgetrennt vom Spieß. „Mannomann", so

Hinnerk zu sich, „da denkzu de Türken hebben nur disse lütten Krummsäbel, aba de könn ook mit ehm so groten ganz scheun hantiern..."

Um die Gourmets nicht zu enttäuschen wollen wir jetzt, nur so dazwischen geschoben, erklären, wie man solch einen Döner isst und was das für eine Sorte Fleisch ist. Also natürlich kein Schwein, wohl aber Hammel und Rind und auch Huhn. Und alles vorher eingelegt in Würze. Und dann gegrillt am Spieß und immer das frisch gegrillte von der Oberfläche abgeschnitten. Und in eine Teigtasche gestopft, zusammen mit Gemüse. Und danach dann dem Gast – mit Papier am Ende, damit er keine fettigen Finger bekommt – überreicht.

Ja, und so saßen sie denn da, Hinnerk und der Murat und knabberten an ihrem Döner. Als plötzlich die Tür aufging und ein kleines, rot-haariges Mädchen hereinschneite, wie man so sagt.

„Hallo Murat, alles klar?" so das Mädchen. Darauf Murat: „Na klar, Wilma, was machst'n du hier um diese Zeit. Hast du keine Vorlesungen heute?"

Da war der Hinnerk aber platt. Dieser Murat konnte ja richtiges Deutsch und ihm spielte er den

Kanacken vor. „He, Mann, wat is denn dass hier für ne Komödiee?" fragte er empört.

„Haste ja recht, Mann", Murat nun mit einem roten Kopf: „Es ist nämlich so: Ick bin ehn Baliner! So richtig! Hier geboren, Schule und Uni und schließlich auch Beruf. Ich bin nämlich ein Rechtsanwalt und mache mir nur ab und zu den Spaß für Fremde den Kanacken zu spielen. Tut mit leid, Hinnerk. War nicht böse gemeint!"

Das Mädchen Wilma rettete die Situation: „Mann, du hast aba ne scharfe Klamotte an. Ick hab ooch son Stück, janz praktisch."

Hinnerk Burmeester, wie wir wissen, trägt ja immer diese Latzhose. Die ist ihm auch darum lieb, weil er hinter dem Latz seine Habseligkeiten verstauen kann: Geldbörse, Personalausweis, so Sachen. Und praktisch auch deshalb, weil dort nun wirklich kein Taschendieb seine ungeraden Finger reinstecken kann.

Hinnerk, immer noch angesäuert: „Du büst wol ne ganz plietsche Deern, wat?"

Na, da war er aber an die Richtige geraten: „He,he, nu werd blohs nich komisch, alter Mann, beschimpfen lass ick mir nu jarnich, schon jarnich von son Knacker von Wer-weiss-wo-her."

Hinnerk: „ Langsam, langsam Fräulein, hörmazu: Deerns sind bi uns de jungen Fraun und plietsch sind de schlauen von ihnen. Und wo ick her komm, dat is Kleinhardingssiel. Und dat is direkt anner Nordsee."

„Okay, okay, Leute, kein Grund zur Panik", nun wieder Murat. „Aba ick lach ma kringlich. Da sprecht ihr Bede nu dieselbe Sprache und versteht euch nich. Aber üba uns Kanaken Witze machen, det könnta."

Und so war denn alles wieder in Ordnung. Die drei tranken noch einen Tee – Schnaps war nicht, weil die Moslems ja keinen Alkohol trinken dürfen – und verabschiedeten sich als beste Freunde.

Murat gab Hinnerk noch seine Visitenkarte, für den Fall, dass er mal 'nen Anwalt braucht (Murat Ülüsö, Advokat).

Und das Mädchen Wilma umarmte Hinnerk und gab ihm zwei Küsse auf die Wangen, rechts und links. War ganz nett, wenn nicht diese blöde Umhängetasche, die sie ja nun alle haben, zwischen ihnen gewesen wäre.

Das mit dem Schnaps holte Hinnerk dann später nach, beim Strammen Heinz. Und zwar ausgiebig.

Weil dann nämlich noch der Atze Schlemmer auftauchte und natürlich alles hören wollte von Hinnerks Ausflug in den Nahen Osten.

Atze Schlemmer, um das nun mal endlich nachzuholen, Atze ist von Beruf Gelegenheitsarbeiter. Das heisst: Wenn sich die Gelegenheit bietet nimmt er auch schon mal ne Arbeit an, aber gegebenenfalls auch nicht. Das ist ja das schöne an diesem Beruf.

Zurück zum Strammen Heinz.

„Weeste eijentlich, wieso det so is, mit die Kümmeltürken in Kreuzberg? Ick will det ma verklickern. Also: Det Balin jab's ja bekanntlich ma doppelt. Weil, da war ja die Mauer. Und wo jetze de Muselmänner lebn, war früher eben die Mauer. Und da wollt natürlich keener wohn. Klar. wa, immer an diese Mauer lang... Aba die Türken, denen war die Mauer wurscht."

Atze holte Luft und rief nach einem neuen Bier. Denn: Reden macht durstig.

Doch nun weiter: „Dann aber war uff ehnmal de Mauer wech un Berlin jabs nu wieda nur ehnmal. Aba im Koppe warn se imma noch jeteilt, die Ossis un die Wessis. Wasde daran siehst wie se hier Dick und Doof spieln. Kennste doch: Erst macht der Dick dem Doof wat kaputt, denn kommt der Doof und macht det mitm Dick. Ratzfatz. Ick mach dia det ma an ener Jeschichte klar: Zuerst also de Wessis, die ja nu allet bestimmen konnten, die wollten natürlich denn allet kommunistische ausmerzen. Und darum ham se den Ossis ihren schönen Palast der Republik jenomm. Ehnfach zujemacht und abjerissen. Ratzfatz wie jesacht. Nun kommt da die Kopie von som ollen Schloss hin. Is aba ooch ejal. Und nu folcht wie bei Dick und Doof der zweite Streich. Denn de Ossis ham sich wenich später jerächt, weil se nämlich in ehna Volksabstimmung nicht dafür stimmtn, dat der berühmte olle Fluchhafn Tempelhof bleibt. Den wolltn nämlich de Wessis am liebstn behaltn. Det is Demokratie, wa?"

„Tja, so is et." Und Schnaps ist Schnaps. Und der war nach dieser langen Rede dann natürlich angebracht. Und wurde ohne viel Gedöns wegenuckelt.

Hinnerk, das soeben gehörte verarbeitend: „Denn givt dat also zwee Sorten von Berlinern, ick segg mol: Sonne und solche. Oder?"

Atze nickte, ausgequatscht aber wollte er das nun nicht weiter kommentieren. Wohl aber Erna Bleystifft, die – Sie ahnen es – beim Strammen

Heinz natürlich, wie imer, auf ihrem Stammplatz saß und die Atzes Geschichte mit Wohlwollen verfolgt hatte.

Nun also Erna: „Zwei Sorten Berliner, das ist wohl wahr. Aber unsere Stadt ist noch viel bunter. Dass die Schwaben den Prenzlauer Berg besetzt haben, darüber sprachen wir ja schon, aber in Neukölln da herrschen jetzt die arabischen Großfamilien, die gern schon mal im schönen Kadewe-Kaufhaus einbrechen, oder die Neu-Nazis die sich in Marzahn breit machen...“

Atze, der seine Sprache wiedergefunden hatte, lachte: „Die kannste dort flanieren sehn. Immer aufm Haufn, wa. Weil, wennse Ausländer sehn, den machen die sich den Spaß, den se Kanacken knacken nennen. Geht aba nur, wenn sie in Jesellschaft sin, allene, so Mann zu Mann, schaffen die det nich.“

„Und denn die Russen inner Kantstrasse. Oder die armen Schweine aus Rumänien und Bulgarien, die in Niederschönhausen hausen und die sich selbst fürn Hungerlohn vermieten. Polen ham wa och. Und – nu wirrste lachn: Amis in Dahlem. Und Franzosen sowieso. Und alle imma jesammelt und auf n Haufen. Willmasagn: Keene Solisten allesamt. Kannste mia folgn, Hinnerk?“

Hinnerk konnte natürlich. Obwohl ihm der Kopf schwirrte, was nicht nur an den Schnäpsen lag. Erna gab das Signal zu Aufbruch. Und Atze nickte wieder mit dem Kopf: „Dit war dit, wa..." Und Abmarsch.

'n beeten Gold und Seemannsgarn

Natürlich fuhr Erna Bleystifft ihren Schützling Hinnerk Burmeester auch zu allen Plätzen und Sehenswürdigkeiten, die ein ordentlicher Berlin-Besucher zu sehen und zu betrachten hatte.

Zum Beispiel das Brandenburger Tor. Von dem Hinnerk immer annahm, dass man, wenn man es durchschritten hatte, dass man dann in Brandenburg landen würde. War aber nicht so. Ging man durch die eine Seite hindurch, dann landete man in einer hübschen Straße, die ‚Unter den Linden' heißt, weil sie mittendrin eine Kolonne schöner Lindenbäume ziert, die aufgereiht wie ein Trupp wohlgezogener Soldaten den Boulevard, tja, bevölkern.

Erna kannte auch das Lied davon und sang es dann aus voller Kehle, so dass die Leute drumherum stehen blieben, zuhörten und dann in Applaus ausbrachen. Hinnerk war das eher peinlich.

Das Lied? Ja, das geht so:

„So lang noch unter 'n Linden/
Die alten Bäume blühn/
Kann uns nichts überwinden/
Berlin, du bleibst Berlin/
Wenn keiner treu dir bliebe/
Ich bleib dir ewig grün/
Du meine alte Liebe/
Berlin bleibt doch Berlin"

Ging man durch die andere Seite hindurch, dann kam man direkt zur sogenannten Siegessäule, auf deren Spitze eine Siegesgöttin steht. Und zwar überall und überhaupt ganz in Gold. Warum sie von den Berliner auch ,Goldelse' genannt wird.

Hinnerk: „De Berliner hett se, wol wegen dat Gold, op disse hoge Spitz sett. Denn Gold, weet man doch, kann jümmer mal licht futsch sinn..."

Böse Tunichtgute, und davon gab und gibt es in Berlin ja eine ganze Menge, greifen gern mal zu und nutzen die Gelegenheit. Aber so weit hoch, da bräuchte es schon einen großen Kran. Aber welcher Ganove hat schon einen Kran.

Hinnerk Burmeester kam da das kupferne Eiserne Kreuz am Kriegerdenkmal in Kleinhardingssiel in den Sinn, an dem sich einst Ganoven zu schaffen machten. Wenn Fiete Schnööf nicht rechtzeitig dazu gekommen wäre, dann wäre da heute eine große Lücke. Oh Mann!

Aber der Fiete, ganz vigeliensch, ruft die Freunde von der Freiwilligen Feuerwehr, die das Gesocks dann erstmal ins Spritzenhaus verfrachteten und denn die Polizei aus Tönning holten.

Aber wir sind ja jetzt in Berlin. Oder?

Im Tiergarten ist ein Gebäude, das die Berliner ‚Schwangere Auster‘ nennen. Weil das Dach nämlich – und rund, wie die Schale einer Muschel – weil das Dach weit über das Haus hinaus ragt und auch schon mal gern abgebrochen ist. Erna: „Muss man sich vorstellen wie eine schicke Baskenmütze mit der man in den Regen kommt, die verliert dann ja auch ihre Form."

Hatte damals aber gar nicht geregnet.

Lag wohl am Zement, oder war vielleicht auch nur luschig gebaut. Wollte man aber auch gar nicht so genau wissen, weil man weiß ja, wie sehr sich die Verantwortlichen das dann immer so zu Herzen nehmen. Ne, dann lieber Schwamm drüber...

Ach ja und dann ist da noch das ‚Carillion‘. Das was? Ja Pass nur auf!

Das ‚Carillion‘ ist ein Musikinstrument mit vielen kleinen Glocken. Und, so Hinnerk in seinem Tagebuch: „Hört sich richtig gut an. Aber wenn man sich vorstellt, dass der Spieler dieses Glockenspiels dazu seine Fäuste gebrauchen muss, mit denen er dann auf kleine Stöckchen haut, die mit den Glöckchen durch Bindfäden verbunden sind, damit diese bimmeln. Mann, diese Fäuste müssen vielleicht Schwielen haben, oder Hornhäute.“

Sein wildestes Abenteuer aber hatte Hinnerk auf dem Wilmersdorfer Friedhof, den er besuchte, weil er mal sehen wollte, wie sie denn da so liegen, die Berliner, zur letzten Ruhe bekanntlich. Und da war er dann gewesen, der Fuchs.

Während Hinnerk sich also diese Gräber ansah, betrachtete ihn der Fuchs und begleitete Hinnerk von Grabstein zu Grabstein. Hinnerk war das denn schließlich doch unheimlich und darum setzte er sich ab, nicht schnell aber wohl schlank zu. Der Fuchs aber immer hinterher. Irgendwie anhänglich. Na, da war aber denn doch ein Endspurt angesagt. Hinnerk schnell raus aus dem Friedhof. Denn schließlich war er doch nur auf der Durchreise, was also sollte er da mit einem Hund, der zudem auch noch ein Fuchs war. Ne, Mann, so nicht!

Aber so ist das mit den wilden Tieren in Berlin. Die treiben sich dort rum als wär die Stadt der reinste Dschungel. Mittmang all den großen Häusern spazierten die Füchse grad als wären sie die Eingeborenen. Und die Wildschweine machten sich wichtig, weil sie gleich immer mit der ganzen Familie auftauchten. Mit Kind und Kegel sozusagen. Und auch nicht immer freundlich.

Ich will aber nicht ablenken, wir waren ja auf der Stadtführung.

Von Hinnerk Burmeesters Nase war ja schon die Rede. Dass sie ihn nämlich zuverlässig wie ein Kompass immer zum Wasser führt. So natürlich auch in Berlin. Was aber dort auch nicht besonders schwer ist angesichts der vielen Seen drinnen und drumherum.

Freund Atze hatte mal versucht sie aufzuzählen: „Grunewaldsee, Königssee, Müggelsee,

Schlachtensee, Dianasee, Wannsee, Halensee,
Tegeler..."

„Is ja gut, Atze, is ja gut", unterbrach ihn dann
der Hinnerk und bat den Freund ihn nach dorthin
zu begleiten, wo am meisten Verkehr auf dem
Wasser ist. Und also landeten sie dann wieder bei
‚Neu Helgoland' – Sie wissen, diese feine
Restauration mit Anleger, wo sie nämlich alle
durchkommen müssen, die Schiffer, die vom oder
zum Müggelsee wollen.

Es war ein sonniger Sonnabend-Nachmittag, den
Atze für die Expedition zum Wasser ausgewählt
hatte. Weil: „Ick sach ma, det is denn, wenn se
alle aufm Wasser sind, kannste mia globn..."

Und wirklich es war die schönste Parade von
Wasserfahrzeugen, wie man sie sonst nirgendwo
in Berlin aber auch nicht anderswo beobachten
kann. Und denn dazu natürlich das Personal.
„Kannste dir kringeln", so Atze.

Ist aber auch verwunderlich, was alles als Kapitän
so durchgeht, in der deutschen Hauptstadt. Der
wildblickende Rentner zum Beispiel, der seinen
nackten Bierbauch (Mollenfriedhof, nennt ihn der
Berliner) stolz präsentiert während die Mama mit
Kittelschürze aus der Kombüse guckt und der
Schäferhund-Pudel am Bug den Ausguck macht.

Oder der dunkelbraun gebrannte Playboy, auch er obenrum ganz ohne Klamotten, der seine beiden schnackligen Freundinnen – Bikini und so – auf dem Vorderdeck der Umwelt vorführt.

Aber nicht nur flotten Yachten kommen vorbei, auch Gefährte, die aussehen als wären sie eigentlich als Hütten für Schrebergärten gebaut. Oder kleine Schiffchen mit dem Kapitän auf einem Fahrrad, mit dem dieser schwitzend strampelnd die Antriebsschraube in Bewegung setzt.

Oder der wassertaugliche Kleinbus, der – offen natürlich – eine fröhliche Gesellschaft vorbei führte, die angesichts der Helgoländer Gäste ihre Bierflaschen schwenkte und ein freundliches Prosit hinüber schickte.

Besonderes Gefallen hatte Hinnerk – aber nicht nur er – an dem National-Farben-Ballett der kessen Motorboot-Lenkerinnen. Gross und toll gebaut standen sie am Steuerrad, grad wie für Fotos eines Herrenmagazins, mal schwarz, mal rot oder mal blond. Und nahmen das Gejohle vom Kegelklub, der zwei Tische im hinterem Ende der Gaststätte besetzt hatte, überhaupt nicht zu Kenntnis. Sondern düsten stolz in ihren kleinen Bikinis an ‚Neu Helgoland‘ vorbei.

Als jedoch dann ein junges Ding ganz oben ohne, also mit blanken Brüsten, vorbei segelte, da schwiegen die Kegelbrüder und sahen staunend bewundernd, ja andächtig diesem Naturwunder nach. Donnerwetter aber auch.

Rennfahrer waren natürlich auch unterwegs, die viele Wellen machten und manchen Freizeitschiffer in Bedrängnis brachten. Und ab und an legte eines dieser Wasserfahrzeuge auch bei den Helgoländern an, um sich mit Proviant zu versorgen.

Was uns zur Speisekarte bringt. Hinnerk bestellte sich, Fisch natürlich, ein Steak vom Wels.

„Mia ham ooch ne scheene Scholle", sagte die sächsische Bedienung, aber Hinnerk wehrte am: „Ne loot man, min Deern." Denn er war und ist der festen Überzeugung, dass man Scholle nur dort essen kann, wo sie angelandet wurde. Wo anders, und schon gar im Binnenland, schmeckt sie immer „'n beten nach Medizin, grad so als ob man sie vorher geimpft hätte."

So war es denn ein richtig schöner Nachmittag, was aber vor allem an der bunten Schiffsparade an dieser ‚Meerenge' lag. „Wasn Gewimmel", staunte Hinnerk und Atze: „Haick dia ja ooch vaschprochn. det kannste sonst nirgenwo sehn, is einzig, wa!"

Sie waren natürlich auch am Wannsee. Zuerst bei den Russen.

Nicolskoje, ein Blockhaus das einst ein deutscher König erbauen ließ, weil eine seiner Töchter einen späteren Zaren geheiratet hatte. Nach Russland also. Und wo der Leibkutscher des Königs, ein Gospodin namens Iwan Bockow – ohne Erlaubnis übrigens – ‚beleckte und unbeleckte Brote' sowie Getränke vorbeikommenden Besuchern servierte. So wurde aus dem Russenhaus eine Gaststätte, von der aus man einen schönen Blick auf Wannsee und Havelfluß hat.

Und so kann man aus luftiger Höhe den Schiffsverkehr beobachten, der sich – eher gemächlich – unten auf der Havel abspielt. Bunte Fahrgastschiffe mit bevölkertem Sonnendeck, schwerbeladene Frachtkähne und zwischendrin die Segelboote. Hinnerk gefiels.

„Wenn de willst, denn kannste von hia bis nach zuhause schippern. Brauchst nurn Boot", verkündete Atze. Und machte dem erstaunten Hinnerk klar, dass man sogar von weit her, nämlich aus Polen kommend, direkt in die Nordsee fahren kann.

„Gar keen Problem bis nach – na wie heest dein Nest nochmal, Hinnerk – na ooch ejal, jedenfalls is det ne Wasserstraße. Det dauert natürlich, weil da kannste nicht mit paar hundert Sachen drüber brettern. Aber det weeeste ja selbst, det Schiffe ihre Zeit brauchn."

Ausflüge wie diese machten Hinerk immer heimwehkrank. Und so beschloss er alsbald, seinen Baggerbüdel wieder zu schnüren und sich heimwärts zu trollen. Schließlich hatte er genug gesehen, bei seinen Expeditionen zu den deutschen Stämmen.

Richtig, da fehlten noch allerlei, zum Beispiel die Franken (da wo Nirnberch die Hauptstadt ist und wo man frängisch spricht), die Schwaben oder die Westfalen (Kehl, dat Bütterken oder ein Pankeuken? Muss man nich schnücksch sein), die Sorben, doch Hinnerk meinte genug gesehen und gehört zu haben.

Abends setzte er sich noch mal an sein Notizbuch, denn es war ihm wichtig auch etwas von der Berliner Küche aufzuschreiben. Eine Küche die ihm schon arg seltsam vor kam.

Nehmen wir nur zum Beispiel mal die berühmte Currywurst, die von feinen Leuten nächtens sogar mit Sekt am Kurfürstendamm verspachtelt wird. Als Hinnerk das zum ersten mal erlebte, Erna Bleystifft hatte ihn dort hingeführt, konnte er sich das Lachen kaum verkneifen. Denn diese berühmte Wurstspeise war eigentlich nur eine zerschnipselte Knackwurst über die man Tomatenmark und etwas Curry-Pulver verteilt hatte.

Hinnerk zu Erna: „Dat is woll eher wat för ahle Lüüd ohn Tään*, nich wohr? Denn bi uns heppt se de Knackwurst jümmers komplett, tosamm mimm Rundssstück und 'n Klacks Senf oopn Pappteller. Dor müsst du schon alleen tobieten**..." Erna fand das aber gar nicht lustig und schmollte. Schließlich sind diese Würste ne Art Nationalgericht der Berliner. Na, ja.

Und denn die Berliner, diese runden Kuchen, die sie aber in Berlin Pfannkuchen nennen. Pfannkuchen!!! Also bei uns sind Pfannkuchen dünne in der Pfanne gebratene Teigscheiben, die man aus der Pfanne geholt dann mit Marmelade odert Apfelmus bestreicht. Pfannkuchen also, weil sie aus der Pfanne kommen. Und nu die Berliner, diese runden Dinger mit Zuckerguss und süßem Innenleben. Hinnerk: „Ne dat givt doch gor keen runde Pann wo man sowat in braten kann. Oder?"

So gesehen kam eigentlich nur ein Gericht als besonders bemerkenswert in Hinnerks Notizbuch: Die Berliner Leber mit Muhskartoffeln, gebräunten Zwiebeln und Apfelscheiben.

*Zähne **zubeissen

Es waren Erna und Atze, die Hinnerk dann zur Bahn brachten. Ins Bahnhochhaus, wo er im obersten Stock in den Zug nach Hamburg stieg. Zweiter Klasse, nicht nur aus Kostengründen. Denn Hinnerk wollte nicht – wie die ‚feinen Pinkel' (Atze natürlich) der ersten Klasse – im Regen stehend auf den Zug warten.

„Ja denn ooch allet Jute", sagte Atze und Erna hatte sogar ein paar Tränen in den Augen.

„Weeste, det man früa mitm Schienenzeppelin, dem Fliegenden Hamburger, nach Hamburg fuhr? Der war so schnell, weil der einen Propeller hatte, wien Flugzeuch." Atze musste noch einmal mit seinem Wissen strunzen, aber war ja auch interessant. Und gab Hinnerk auf der Heimreise was zu grübeln. „Ob denn der geflogen is, der Zuch?"

Wie auch immer: Die Stullen, wie die Berliner Butterbrote nennen, vom Strammen Heinz geschmiert, verkürzten die Fahrzeit.

Die letzte Etappe

Wat zu
vertellen,
Hinnerk?

Na klar:
Das Happyend

Wat zu vertellen, Hinnerk?

Natürlich hatte Neu-Freund Atze recht: Übers Wasser wäre es viel einfacher nach hause zu kommen, so ganz ohne Umsteigen und so. Erst die Havel runter, dann die Elbe rauf und dann, oben in der Nordsee nach rechts und schon, schwupps, wäre man in Kleinhardingssiel. Aber Hinnerk hatte ja gar kein Boot. So musste er die Bahn nehmen.

Und so saß er nun in seinem Abteil des schnellen IC-Zuges und machte sich Gedanken. Wegen Wiebke. Sie wissen schon: Jene blonde Schöne, die im Hamburger Portugiesenviertel die Pension ‚Wie bei Muttern' führt, wo Hinnerk zu Beginn seiner Reise Quartier bezogen hatte.

Ob sie wohl auf ihn wartete? Nach all den Monaten in der Ferne. Man weiß ja von Hein Seemanns Bräuten, dass die sich, wenn der Mann über die sieben Weltmeere gondelte, dass sie sich dann oft woanders eine breite Schulter suchten. Oder dass sie sich auf der Reeperbahn etwas dazu verdienten, für die Haushaltskasse.

Natürlich: Er hatte seiner Freundin auch immer geschrieben. Schöne bunte Karten geschickt, von all den Orten wo er angelandet war. Aber Wiebke hatte nie zurück geschrieben. Konnte sie ja auch gar nicht. Denn: Wohin auch, bei Hinnerks ständig wechselnder Adresse.

Und dann stand er auf der Treppe zum Hochparterre zur Pension ‚Wie bei Muttern‘. ‚Een beten bang‘ war ihm. Aber als er dann in der Tür stand war alles ganz anders als befürchtet. Es war dann eher wie ein weißer Wirbelwind. Wiebke betreffend. Nach einem kurzen Moment der Überraschung nahm sie sich das Mannsbild vor, in den Arm und drückte ihn, wie es wohl nur eine liebende Frau kann und küsste ihn nach Herzenslust. Stundenlang. Na, das nun eher nicht. Wohl aber ausdauernd.

Und dann nahm sie ihn samt Baggerbüdel mit ihn ihre Kemenate, denn ein freies Zimmer stand für Hinnerk derzeit nicht zur Verfügung. Alles ausgebucht, wegen Hafengeburtstag. Aber das war auch besser so. Schließlich hatten Wiebke und Hinnerk sich allerlei zu vertellen. Wie man sich denken kann. Weshalb die Chefin auch an den folgenden Morgen kaum aus dem Bett kam, was die drei Karibik-Mädchen tuscheln ließ.

Na sei's drum. Jedenfalls war Hinnerks Aufenthalt in Hamburg etwas länger als eine Umsteige – von einer Bahn zur nächsten – gedauert hätte. Hinnerk war von Wiebke für Tage und also auch Nächte mit Beschlag belegt. Was aber beiden gut bekam. So gesehen.

Dennoch wollte Hinnerk natürlich auch weiter nach Kleinhardingssiel. Er wollte schließlich seinen Freunden an der Noooordseeeeküste erzählen von seinen Abenteuern bei Deutschlands anderen Stämmen. Wiebke sah das auch gleich ein. Und hatte dann die Idee, ihn dorthin zu begleiten. Mit dem kleinen Lieferwagen der Pension, den sie sonst immer nutzten, um das Gepäck von Reisegruppen vom Bahnhof hin zu ‚Wie bei Muttern' zu befördern.

Und so kam es, nach wohl einer Woche oder so, dass sich Hinnerk und Wiebke aufmachten über Geest und Marsch hinauf zu fahren nach Kleinhardingssiel.

Und damit die guten Leutchen da oben nicht vor Überraschung einen Schock bekamen, wenn Hinnerk Burmeester plötzlich in der Wirtsstube stand und dann auch noch mit blonder Begleitung, darum hatten sie ihr Kommen per Postkarte angekündigt. Was dazu führte, als sie mit ihrem Wägelchen angetuckert kamen, daß nicht nur der ganze Stammtisch in Malte Harms Dorfkruch versammelt war, sondern auch die gesamte Nachbarschaft. Sogar Knut Nolde, der ehrenamtliche Bürgermeister jener Örtchen zu denen auch Kleinhardingssiel gehörte, war zugegen. Und selbst die Familie Christiansen war erschienen, denn immerhin hatte man einen Fahrensmann nach einer langen Expedition zu begrüßen.

Eigentlich, so hatte Hinnerk sich das vorgenommen, wollte er mit einem freundlichen ‚Tach‘, wie früher sonst auch, einmarschieren und denn durch zum Stammtisch, aber angesichts der vielen Menschen, die ihn nun erwartungsvoll ansahen, blieb ihm das Wort im Hals stecken.

Hinnerk verharrte verdutzt im Türrahmen. Und denn: „Tschä, dor bün ick ja nu wedder.“

„Tach ook“, sagte die Versammlung.

Das war wie ein Zeichen sich in Bewegung zu setzen. Hinnerk also los, Wiebke im Schlepptau.

Und denn, um die Neugier der Menschen zu stillen: „Dat is Fru Gonzales. Se wör so nett mi na hier to förn. Mit eern lütten Lieferauto hett se mi hier afliefert.“

Hinnerk hielt das für einen netten Witz, aber die Versammlung war viel zu fasziniert von Wiebke, als dass sie sich über das nette Wortspiel hätte amüsieren können. Nun ist die Wiebke aber auch eine tolle Erscheinung. Gross, ja stattlich, mit ihrem blonden Haarkranz, den strahlenden blauen Augen und denn in diesem schicken geblümten Kleid.

„Ik hevv eer in Hamborg drapen*", so nun Hinnerk. „Und siet de Tied sün wi Frönd**. Jo, kann man so seggn." Und damit nahmen sie am Stammtisch platz. Hinnerk, ganz Kavalier, schob Wiebke den Stuhl unter den Achtersteven.

Fiete Schnööf war der erste, der die richtigen Begrüßungsworte fand: „Bis ganz scheun lang wegg west, Hinnerk."

Der: „Jo!"

„Hast wohl ook ganz scheun wat beleeft?"

Hinnerk: „Jo!"

„Un kannst ne Menge vertellen."

Hinnerk: „Jo!"

„Hast wohl ook ne Menge Minschen drapen?"

Hinnerk: „Jo!"

„Und?"

Hinnerk: „De schnacktn als ganz anners, irgendwie gediegen will ick mal seggn."

Die Gemeinde baff: „Nee! Segg blohs!"

Man kann schon sagen, dass die Leute alle an seinen, Hinnerks Lippen hingen, aus denen aber meist nur ein ‚Jo' und nur selten ein ‚Nee' rauskam. Einmal, als er nämlich gefragt wurde, ob er noch einmal zu einem solches Unternehmen aufbrechen würde.

„Nee!!!"

„Mann Hinnerk nu lot di doch nich allens ut de Näs ruttrecken", platzte Fiete Schnööf der Kragen.

Worauf Hinnerk antwortete: „Nö."

Weil während dieser Unterhaltung aber die Wacholder-Flasche ständig ihre Runde machte, wurde es dann doch aufgeräumter. Und Hinnerk begann zu erzählen.

*getroffen **Freunde

Elmshorn und Hamburg waren ihm keine Erwähnung wert, da ist das ja meistens eher wie hier, aber aus Düsseldorf gabs schon eine Geschichte. Von all den Menschen mit Schlips und Kragen – und davon viele Japaner – die dort das Bier aus kleinen Gläsern trinken. Gut in Hamburg beim Lütt und Lütt sind die Biergläser ja man auch klein, aber darum gibt das da ja dann auch immer einen Köm dazu.

Und denn die schicken Frauen dort, die oft ein Monogramm auf ihren Hosen herumtragen. Mitten auf der Kehrseite. Und denn glitzernd

Die Zuhörer: „Nee, segg bloots!"

Und Köln ist ein total verrückte Stadt. Hinnerk: „Kanns mir glaubn!" Und er wusste von einem Wasser zu berichten, dass man nicht trinken kann, von Käse der als Hühnerfleisch ausgegeben wird und von alten Männern, die ‚Jungfrauen' spielen. Total verrückt eben.

Toll aber sei es dann in München gewesen, wo die Bewohner mit fast allen Sprachen dieser Welt zurecht kommen. Hinnerk: „Do kanns de gante Welt treffn. Und hörn wie die alle so schnacken. Und die Münchner könn' denn alles verstehn. Schon toll..."

Über Sachsen machte er sich lustig und Berlin, tja Berlin, das war schon was. Hauptssstadt eben. Die hatten ein mehrstöckiges Bahnhaus statt eines Bahnhofs, eine grosse Figur aus Gold auf einer grossen Säule mitten im Verkehr, ein eigenes Helgoland – „ja da kuckst du, hevv ick oock" – und denn das viele Wasser. Überall. Entweder als Fluss, oder als Kanal oder als See. Hinnerk: „Will ma seggn, is ne Wasserssstadt. Mann da könnt ich noch veel vertellen. Aber nich hütt. Tja man kann sogar mitm Boot zur Gaststätte fahrn und denn da anlegen. Dat geiht ja noch nichma in Tönning..."

Jedenfalls war er froh nun endlich wieder daheim am Deich zu sein.

Das aber war ihm nun doch wichtig: „Ick segg mol, dat de Dütschn woanners auch anners schnacken." Die Rheinländer reden nämlich ganz anders als die Bayern und die wieder ganz anders als die Sachsen und denn die Berliner, die sind eher ein wenig derb, „segg ick mol."

Hinnerk: „Und so is mi nu klor worrn, wat de jümmer meent, wenn de im Fernsehn vun Multikulti reden. Multikulti dat sün wi all selber!"

Mit Begeisterung machte er sich danach über die bunte Platte her, die ihm Wirtin Geesche Harms zubereitet hatte. All die Genüsse des Nordens auf einem Teller versammelt: 'n Stück vom Eisbein mit Erbspüree, Blutwurst – aber die richtige mit Rosinen – Grützwurst auch und dann der Kartoffelsalat mit Äpfeln und mit Mayonnaise. „Jo, Friesland hätt ook so seine Genüsse", lobte Geesche sich selbst.

Im Laufe der Unterhaltung meldete sich auch Dr. Irmgard Schnittlauch-Kerkerup zu Wort, die Ärztin der Orte dort oben: „Aber Gesundheitlich ging wohl alles klar?"

Hinnerk: „Na klar!"

Frau Doktor: „Ich mein auch unten rum!"

Hinnerk: „Natürlich. Da war ja nix!"

Für Dr. Schnittlauch-Kerkerup war das eine ganz normale Frage, denn sie wusste und weiss genau welche Souvenirs manche Männer von großer Fahrt zurück nach Hause mitbringen.

Fiete Schnööf machte den Versammlungsleiter und löste die Versammlung auf: „Hinnerk, veelen Dank för all dat!" „Ach, da nich für", sagte Hinnerk bescheiden.

War wohl ‚ehn beeten wat' voreilig gewesen, vom Fiete Schnööf, denn dann meldete sich noch

Bürgermeister Knut Nolde: „Hinnerk", sprach er,
„wenn man das alles so hört" – Knut Nolde
spricht ein astreines Hochdeutsch, denn er kommt
aus Hannover – „wenn man das so hört, dann
kommt man, nein, dann komme ich zu der
Überzeugung, daß du der richtige Mann wärst für
unseren Fremdenverkehrsverein. Du, der nun
zwar nicht alle deutschen Sprachen spricht, wohl
aber versteht. Du könntest alle Deutschen hier bei
uns an der Nordseeküste begrüßen. Und hättest
damit keine Probleme. Ich mein, auch wenn die
mal Probleme hätten. Na, wie wär's?"

„HINNERK!!!" Das war Wiebke, die sich da so
lautstark meldete

Und in die nun plötzliche Stille am Stammtisch,
sprach Fiete Schnööf die berühmten Worte aus
der berühmten norddeutschen Dichtung vom
Fischer und sin Fru:

„ *Mantje, Mantje Timpe Te,/*
Buttje, Buttje inne See,/
myne Fru de Ilsebill,/
will nich so as ick wohl will..."

Da lachten alle und Wiebke war knallrot
angelaufen.

„Nu aba mal halblang, Leute", so Hinnerk. „Wat der Knut da verkündet hat, dat will doch gut bedacht sin. Und natürlich auch mit Wiebke besprochen werden. Nöch min Deern? Is doch so!"

Aber Knut Nolde gab sich nicht so schnell geschlagen: „Das könnt ihr ja nun noch mal in aller Ruhe überschlafen. Nicht wahr?! Ich melde mich die Tage dann noch mal" Und damit nahm er seinen Hut, klopfte mit der Faust auf den Tisch und ging zur Wirtshaustür hinaus.

Wiebke, immer noch mit vollrotem Kopf, nahm sich aus lauter Verlegenheit ein Butterbrot von Geesche Harms bunter Platte, „war ja schließlich mächtig peinlich" – aber Hinnerk rettete die Situation indem er seine Freundin in den Arm nahm und sie ganz fest drückte.

Na klar: Das Happyend

Anderntags auf dem Deich. Sie saßen auf einer der drei Bänke, die der Bürgermeister dort für die Touristen hatte aufstellen lassen, damit diese der

Sonne beim Untergang Gesellschaft leisten konnten.

Da also nun Wiebke und Hinnerk, mitmang der vielen Schafe und der kreischenden Möwen über ihnen, die es gewohnt waren von den dort sitzenden Touristen ein paar schöne Happen zu bekommen. Aber doch nicht von den Einheimischen, blöde Möwen!

Hinnerk, seine Augen geradeaus auf das seltsam ruhige Meer, das sich nach der Flut nun zur Ebbe bereit machte und das vor ihnen lag wie eine riesige Bleimatte. Hinnerk also, Blick nach vorn. Und denn zur Wiebke: „Segg mol, könntest du di vörstelln, statt Gonzales, segg ick mal, Burmeester to heeten...?"

Hinnerk hatte sich für diese, wie er fand, nette Umschreibung eines Heiratsantrags entschieden, weil er nicht mit der Tür ins Haus fallen wollte.

Wiebke, irgendwie erleichtert, als hätte sie das längst erwartet, nahm seinen Kopf in ihre Hände, sah ihm tief in die Augen und sagte." Jo! Kann ick!" Sie gab ihm einen dicken Kuss und Hinnerk nahm sie in den Arm, ganz fest, grad so als wolle er sie nie wieder hergeben. Und so war das denn geregelt.

Und damit war auch die Sache mit dem Fremdenverkehrsverein vom Tisch. Denn das würde ja nicht gut gehen, Wiebke in Hamburg und er dann hier am Deich mit all den Fremden.

Hinnerk zu Wiebke: „Ja denn pack ich jetzt wohl mal besser."

Wiebke war nach dem Heiratsantrag dann schnell zurück nach Hamburg gefahren. Es war ihr irgendwie ungemütlich, die Pension ‚Wie bei Muttern' allein, das heisst in der Obhut der drei Karibik-Mädchen zu lassen.

Zwei Tage, hatte sie gesagt, sollte die Kurz-inspektion dauern, dann wollte sie wieder in Kleinhardingssiel sein, um Hinnerk abzuholen. Ihn und all seine Habseligkeiten. Ne, eigentlich nur ihn mit mit seinen wenigen Klamotten, denn alles andere sollte in den Reetgedeckten Häuschen, seinem Elternhaus, bleiben, das sie vielleicht behalten wollten, für später. Aber noch waren sie sich nicht sicher. Wie auch immer: Geesche Harms hatte sich erboten derweil auf das Haus aufzupassen.

Na, jedenfalls machte Hinnerk nach all der Plackerei mit der Packerei erst einmal Fofftein, also Pause, in Malte Harms Dorfkruch als Frederik Paulsen eintrat.

„Mensch Fred", so der Hinnerk.

Und denn der Frederik: „Mensch Hinnerk!"

Denn die beiden waren alte Freunde, die manch schöne Abenteuer damals, als Halbstarke sozusagen, zusammen erlebt hatten. Obwohl sie doch ganz unterschiedliche Typen sind. Frederik ist kein so ein Latzhosensträger wie der Hinnerk, er ist einer von der ganz adretten Sorte. Immer fein raus, mit Sakko aus Harris Tweed zum Beispiel und mit englischen Schuhen. Blitzblank natürlich.

Ausserdem ist der Frederik Paulsen zur Hälfte dänische Minderheit – die Mutter stammt nämlich aus Aalborg – und zur anderen Hälfte preussischer Deutscher – der Vater war ein hohes Tier im Finanzministerium in Schleswig.

Frederik: „Eigentlich bin ik aufn Sprung no Hamburch. Ik woor bi mien Oma und wollt nur mol kieken, wer denn hier so rumsitzt, im Dorfkruch, und denn treff ich dich! Scheun, wirklich. Wie man hört bist du ja ganz schön rumgekommen, warst auf grosser Fahrt. Und nu sollst du auch noch den Fremdenführer machen. Das is abba ma ne Karriere."

Hinnerk: „Ne, ne, ne. Maak ick nich. Ick go na Hamboorg. Ick hevv da ne Deern un darüm..."

Frederik: „Auch gut. Glückwunsch!"

Hinnerk: „Und was machst du so?"

Frederik: „Ick mook jetzt in Krabben!"

Hinnerk: „Also reichwerden is damit aber wohl nich, oder? Obwohl: Küttvech* mookt ook Mist, nich wohr..."

Frederik: „Da sachst du was. Is nämlich so, dass unsere Krabben das wohl einzige Meeresgetier sind, das man nicht züchten kann, die sind nämlich original Bio. Da sind ja heutzutage die Leute wie verrückt nach. Und die Firma, für die ich arbeite, oben in Husum will das jetzt mal publik machen. Krabben als Feinfuhd vermarkten. Wir sind nämlich Fischveredler, musst du wissen: Unsere Krabben sind, so sagen wir, der Kaviar des Nordens. Was sachszunu?"

„Dat is aber mal een Schnack. Kaviar des Nordens. Schon toll", Hinnerk war richtig beeindruckt.

Frederik nun: „Weil du aber nu ja ganz schon rumgekomm bis, kannszu mir vieleicht 'n paar Tipps gebn, wie das so ist, da unten im Süden."

„Jo, kann ick", Hinnerk jetzt ganz Fachmann: „Also woanners schnacken de all ganz anners. Ich segg di mal 'n Bispill. Runds-stücke, dor seggn die Bayern zu Semmeln, und die Berliner seggn Schrippen. Un de Minschen in Köln haben so lütte Rundssstücke, da passen zwei in eins von unsern, und de nennen se denn Röggelchen. Verrückt oder?"

Das staunte Frederik.

Hinnerk nu wieder: „Und wenn du ein Klöben willst dann seggst du dor unnen Stollen. Als wenn das die Dinger wären, die die Fussballer immer an ihren Fusssohlen haben. Und witziger noch: In Sachsen sacht man nicht der Stollen, sondern die Stolle... Oder in Dresden sagen die Stritzel – ist aber immer 'n Stuten. Ne, ne, wie ich schon sagte, die schnacken alle ganz anders. Dat geev nich een Dütschland, aber dorvör veele Dütschländer."

„Hört sich an, als müsste man ein Sprachwissen-schaftler sein, wenn an da unten zurecht kommen will. Und du bis da ümma klar gekomm?"

*Kleinvieh

Hinnerk: „Jo, klappt schon. Is eben Multikulti, wie man das heute nennt. Schaffst du ook. Un Krabben sin ja ook wat Feines."

Da hupte es draussen vor Malte Harms Dorfkruch. Wiebke war vorgefahren. Hinnerk zu Frederik: „Kumm, kannst se glieks mal kennen lieren, mien Wiebke."

Und so kam es dann noch zu einem Diener und zu einem Knicks. Und zu dem Versprechen, dass sie sich mal in Hamburg treffen wollten. In Wiebkes kleinem Hotelchen im Portugiesenviertel zum Beispiel.

Und damit endet nun unsere Geschichte von Hinnerk Burmeesters abenteuerlicher Expedition zu den anderen deutschen Stämmen. Er heiratete dann natürlich seine Wiebke und ist jetzt in der Hotelerie tätig, darum nun also keine Latzhose mehr sondern mit Schlips und Kragen, eben etepetete, zwangsläufig.

Kurzum: Wenn sie nicht gestorben sind, dann leben sie noch heute. Nämlich glücklich und zufrieden.

Zugegeben, das klingt jetzt arg märchenhaft. Aber ist es doch auch. Das nämlich soviele deutsche Stämme mit all ihren verschiedenen Dialekten friedlich in einem Gemeinwesen leben, wenn das nicht märchenhaft ist.

Da wär ein Köm doch jetzt wohl angebracht.

Oder was meinen Sie?

Dieses Heimatbuch ist eine romanhafte Erzählung
und darum wären Ähnlichkeiten mit realen Personen,
Lokalitäten und Ereignissen rein zufällig.

Die Hamburg Hymne „Stadt Hamburg an der Elbe Auen..."
stammt von den Herren Georg Nikolaus Bärmann (Text)
und Albert Methfessel (Musik)

Das Kölner Heimwehlied „Ich möcht z'Foos na Kölle..."
hat Willi Ostermann geschrieben und ist verlegt im Gerig Musikverlag

„Solang noch unter Linden" ist eine Berliner Heimatlied
aus der Feder von Walter Kollo, verlegt im Kollo Musikverlag

Der Autor sagt Danke

Ich danke meinem Freund Richard Lütticken für seine Hilfe bei der Überarbeitung dieses Expeditionsberichts, dafür dass er meine Luschigkeit ausmerzte und der ja doch gemeinsamen deutschen Grammatik zu ihrem Recht verhalf. Und dank, na glaar, oo an Karolina Landrock für ihre Nachhilfe in Sachen Sächsisch. Dank auch an Sabine Haversiek-Vogelsang, die mir den Holländer machte. Und die den flüchtigen Lesern den nützlichen Tipp gibt, **die Dialekt-Passagen sich selbst halblaut vorzulesen, dann werden die verständlicher.** Und Dank an HW Kersten der unserem Hinnerk artfremdes Missingsch austrieb. Und an Eva Maria natürlich, die als fröhliche Rezipientin des Reiseberichts mit mir von Land zu Land reiste, Dank auch an Andreas Grassl, der dieses Buch wieder mit grafischen Feinheiten verschönte und das Titelbild beisteuerte.

H.L.M.

Lesen Sie also den schockierenden Bericht über eine inzwischen vergessene Episode deutscher Geschichte:

Nur mal so angenommen die alte BRD, also das was man gern auch die Bonner Republik nannte, hätte kurz vor einem Konkurs gestanden. Worauf die verzweifelten Eliten sich von einer amerikanischen Beratungsfirma, nennen wir sie mal McCash, Rat holte. Deren Rezepte, initiiert von ihrem deutschen Residenten, Konrad, genannt Conny, Demlack – der über beste Kontakte zur Regierungsspitze verfügte – waren allerlei Sparpläne, vor allem aber umfangreiche Privatisierungen staatlicher Unternehmen. Mit allerlei auch grotesken Folgen. Und nehmen wir mal an, die geheimen Protokolle, Dokumente, Abrechnungen, Planungsunterlagen all dieser Aktionen gerieten in den Besitz des erfolgreichen Nachrichtenmagazins DER SPARGEL, dessen Motto bekanntlich lautet: ‚Denn die Wahrheit will an Licht.‘ Und dessen Reporter aus dem investigativen Bereich strickten daraus eine aufsehenerregende Titelstory. Schonungslos und in aller Offenheit. Wie sich nämlich die BRD alt zu einem Paradies der Neoliberalen wandelt.

TOP-KUNDENREZENSIONEN BEI AMAZON (4,0 VON 5 STERNEN)

Satire darf das
Was tun, wenn einen der norddeutsche Sommer mal wieder über Tage nach drinnen zwingt. Man sucht im Internet nach leichter Sommer-Lektüre. Und stößt auf einen „Sommer-Spaß für Polit-Junkies." Nun bin ich weder ein Polit-Junkie noch brachte die Lektüre des „Conny Demlack Reports" den Sommer zurück. Aber Spaß hat sie gemacht. Eine Warnung vorweg: Es handelt sich um eine Satire. Oder wie das Cover verspricht, eine groteske Polit-Satire. Sie handelt von der Umgestaltung der Bundesrepublik in eine kommerzielle Gesellschaft. Mit allem was dazu gehört: Die Bundeswehr wird privatisiert, das Parlament mutiert zur TV-Entertainment-Show. Ähnlichkeiten mit dem handelnden Personal der BRD GmbH&Co sind ausdrücklich gewollt und kaum verklausuliert. Da betreiben Kanzler Kraut, Arbeitsminister Norbert Frucht und Arbeitgeber-Funktionär Olaf Griffel einträchtig den Ausverkauf der Politik. Wobei einem ob der Ähnlichkeiten mit tatsächlichen Geschehnissen oder Tendenzen des Öfteren mal das Lachen im Halse stecken bleibt. Aber das hat gute Satire so an sich.   **Eifelbauer**

Schlichte Gemüter machen große Politik
Die Namen der politischen „Wasserkocher" sind Alias – doch man erkennt sie alle. Der Autor beobachtet die schlichten Akteure und Karrieristen der Bonner Republik.   **Claus M. Schmidt**

Grotesk und Hintersinnig
Unglaublich grotesk, hintersinnig und mit viel, viel Humor schildert der Autor „wie die alte BRD ihre Staatskrise meisterte." Zugegeben, derlei Texte sind nicht jedermanns Sache, im überbordenden Buchmarkt unserer Zeit aber eben auch nicht häufig zu finden.   **Osmar Heinze**

**Correspondence
München/Berlin**